Chapter 1

세계의 금융가는 소빈뱅크를 주목하기 시작했다.

두 번에 걸친 일본 외환시장의 공략으로 인해 소로스 펀드 매니지먼트와 함께 사람들의 입에 오르내리기 시작한 것이다.

소빈뱅크는 지금껏 국제금융계에 그다지 알려진 것이 전혀 없었던 러시아계 은행이었다.

또한 조지 소로스가 일본 공략에 있어 러시아계 은행과 손을 잡았는지 의구심을 가진 인물들도 많았다. 그만큼 소빈뱅크는 외부에 알려진 것이 많지 않았고, 진면목을 아는 인물도 없었다.

일본 공략을 통해 벌어들인 돈도 소빈뱅크와 국제금융센터의 핵심 인물밖에는 몰랐다.

이번 일에 지대한 공헌을 한 인물들에게 룩오일NY 최고급 맨션 입주가 허락되었다.

안전과 교육, 쇼핑, 의료 등 일상생활에 필요한 모든 것을 갖추고 있는 룩오일NY 최고급 맨션은 모스크바에서 살아가는 인물들에게 선망의 대상이었다.

고급 맨션 주변으로 넓게 펼쳐진 공원에는 연못과 체육센터가 자리하고 있었다.

숲속에 자리 잡은 것 같은 체육센터에는 운동 시설과 함께 수영장, 농구장은 물론 사우나 시설까지 갖추어져 있었다.

일반적인 모스크바 시민들이 누릴 수 없는 삶이 룩오일NY 최고급 맨션에 입주한 인물들에게 주어졌다.

내가 머무는 장소는 고급 맨션 단지 중에서 가장 안쪽에 자리 잡은 곳으로, 나무들로 인해 외부의 시선에서 완전히 차단된 장소였다.

"한동안은 자금 걱정을 하지 않아도 될 것 같습니다."

"얼마나 벌어들인 것입니까?"

함께 자리한 김만철이 물었다.

"이번 달까지 50억 달러를 예상하고 있습니다."

"이야! 이거 돈이 돈을 버는 세상이라고 하지만 장난이 아닙니다."

김만철은 놀란 표정으로 말했다.

소빈뱅크 국제금융센터는 8개월간의 준비 끝에 녹아웃 옵션과 환차익으로 이미 3월에만 200억 달러가 넘는 수익을 올렸다. 그리고 다시 4월에 50억 달러의 수익을 예상하고 있었다.

"정말 놀라운 일입니다. 다른 회사들이 수년간 밤낮으로 일한 수익의 수십 배를 단숨에 벌어들이니 말입니다."

옆에서 듣고 있던 티토브 정도 놀란 모습이었다. 두 사람 다 나를 통해서 소빈뱅크의 수익을 알게 되었다.

"이만한 수익을 올릴 기회는 앞으로 단 두 번뿐입니다."

"두 번이나 남았다고요?"

김만철이 내 말에 궁금한 표정으로 되물었다.

"예, 앞으로 2년 후에 한 번 더 옵니다. 우리에게는 기회지만 한국을 비롯한 동남아시아와 러시아는 국가적으로 큰 시련이 닥칠 것입니다."

1997년에 닥치는 외환 위기는 한국에는 큰 시련이었지만 소빈뱅크에게는 큰 이익을 가져다줄 기회였다.

그리고 2008년 미국의 주택담보대출(모기지)로 촉발된 세계적인 금융 위기 또한 소빈뱅크를 한 단계 더 끌어올릴 기회였다.

소빈뱅크는 체코의 프라하와 폴란드의 바르샤바에도 지점을 설치했다.

두 지점을 설치한 이유는 룩오일NY의 동유럽 진출에 대한 전초기지 역할을 위해서다.

또한 6월에는 영국 런던에 지점을 열 것이다.

러시아에서 확고한 위치에 올라선 룩오일NY는 이제 본격적인 유럽 진출을 시작한 것이다.

그 시발점이 될 폴란드는 1989년 체제 개혁 이후 실시된 급진적 경제개혁인 충격 요법(Shock Therapy)을 통해 작년부터 연평균 6% 이상의 유럽 내 최고 경제성장률을 기록하고 있었다.

올해도 탄탄한 성장세를 보이고 있는 폴란드 경제는 1997년까지 높은 경제성장률을 구가한다.

공산국가였던 폴란드와 대한민국은 1989년 11월 공식 외교 관계를 수립했다.

국내 기업 중 대우그룹은 이미 폴란드에 대우전자판매 법인을 93년 9월 설립했고, 컬러TV 공장을 94년 3월에 완공했다.

더불어서 대우전자는 96년까지 1억 3천2백만 달러를 투자해 컬러TV 60만 대, 세탁기 10만 대, 냉장고 20만 대, 카오디오 20만 대를 생산할 수 있는 가전 공장과 부품 공장을 바르샤바 서쪽 프루시코프시(市) 인근에 조성키로 했다.

가전 단지가 완공되면 현지 고용 인력 1천5백 명에 연간 매출 2억 달러가 넘는 유럽 최대 규모의 가전제품 생산 기지가 된다.

대우전자의 유럽 현지 공장은 프랑스에 이어 폴란드가 두 번째였다.

대우전자가 폴란드에 집중적으로 투자하는 것은 폴란드가 동구 지역 가운데 자체 시장 규모가 가장 클 뿐만 아니라 양질의 노동력이 풍부하고 산업 기반 시설이 잘되어 있기 때문이었다. 더구나 폴란드 노동자의 임금은 프랑스의 5분의 1밖에는 안 되었다.

또한 서유럽과 동유럽의 중간에 있어 지리적으로도 유리했다.

또한 올해는 대우자동차도 폴란드에 진출하기 위해 준비 중이었다.

대우의 김우중 회장은 1993년 발표한 경영 방침, 세계 경영의 슬로건을 내세우며 '세계를 우리의 시장으로, 지구촌을 우리의 산업 기지로'를 주창하면서 세계 진출을 적극적으로 진행하고 있었다.

김우중 회장의 경영 철학에 의해 대우는 개도국 기업 가운데 최대의 다국적 기업을 형성했다. 90년대 대우 임직원은 28만 명에 달했다. 해외 공장 종업원은 18만 명으로 국내 근로자보다 더 많았다.

대우가 해외로 나갈 땐 혼자 가는 게 아니라 관련 제품과 부품을 생산하는 중견·중소기업과 동반 진출을 꾀했다. 대우가 주도적으로 치고 나가면 1, 2차 벤더들이 그 뒤를 따르는 방식이었다.

대우그룹을 높이 평가하는 것은 수입과 내수 중심이 아닌 수출 전선에 뛰어든 점이었다.

하지만 사업 확장만 중시한 채 재무구조 개선에 신경 쓰지 않는 대우의 경영 방식은 결국 외환 위기로 좌초된다.

IMF가 도래한 이후 초고금리가 지속되면서 부채 비율이 높은 대우가 버틸 수 없는 환경이 만들어졌기 때문이다.

소빈뱅크의 지점과 함께 물류 운송 기업인 부란 또한 폴란드 바르샤바에 현지법인을 설립하기로 했다.

서유럽 진출을 앞서 동유럽의 운송망을 갖추기 위해서였다.

또한 폴란드에 진출하는 한국 기업과 외국 기업들의 물류 수송을 담당하기 위해서이기도 했다.

부란의 장점은 시베리아 횡단 철도를 통한 저렴한 물류 비용과 유럽으로의 수송에 있어 시간을 단축할 수 있다는 점이었다.

국내 기업과 외국 기업들의 동유럽 진출이 활발해진 지금 부란이 국제적으로 성장할 수 있는 절호의 기회기도 했다.

부란은 이미 러시아의 각 도시에 물류 거점을 완성한 상황이었다.

*　　　*　　　*

모스크바의 중심에 있는 고급 식당가와 백화점은 사람들로 붐볐다.

러시아의 경제가 좋지 않은 상황이었지만 신흥 재벌들과 그와 연관된 사람들의 소득은 가파르게 상승했다.

여기에 마피아와 연관된 사업도 번창하고 있었다.

일반 러시아 서민들의 삶은 힘에 겨웠지만 새로운 경제 체제에 적응한 사람들은 기회를 맞이하고 있었다.

그런 인물 중에 하나가 말르노프 조직을 이끄는 샤샤였다.

모스크바의 절반을 장악한 샤샤는 나의 허락이 떨어졌다

면 모스크바를 모두 장악했을 것이다.

말르노프의 조직에 대항하고 있는 4개 조직은 예전과 같지 않았다.

말르노프의 세력이 커질수록 4개 조직의 힘은 상대적으로 축소된 상황이었다. 거기에 4개 조직 중 하나인 주라블리(백학) 조직은 말르노프의 하부 조직으로 전락하고 말았다.

조직이 밀리는 것은 한마디로 자금력의 차이였다.

샤샤는 술 유통망과 외국 담배 유통을 장악했다. 미국과 유럽에서 들어오는 담배뿐만 아니라 일본과 동남아시아에서 공급되는 담배들 모두가 말르노프 조직의 넵스키라는 회사를 통해서 모스크바와 주요 도시에 공급되었다.

또한 러시아의 보드카 생산과 판매를 직간접적으로 관여했고, 수입 양주들도 관리했다.

말르노프의 샤샤는 조직 운영과 경영 감각이 뛰어났다. 아니, 돈 냄새를 누구보다 잘 맡는다고 보면 된다.

술과 담배를 장악한 샤샤는 풍부한 자금으로 조직을 탄탄하게 유지하고 관리했다.

러시아산 무기 거래까지 손을 대고 있는 말르노프 조직은 불법과 합법을 통하여 막대한 자금을 벌어들였다.

그 자금을 바탕으로 말르노프는 동유럽에 진출하고 있었다.

다른 러시아 마피아들이 세력 다툼을 할 때 말르노프는 밖으로 눈을 돌린 것이다.

그것은 나로 인해 다른 러시아 지역으로의 진출이 제한되었기 때문이다.

해외는 그러한 제한이 없었다.

처음에는 동유럽 국가에 자리를 잡기 위해 해당 국가의 범죄 조직과 협력 관계를 맺었지만, 어느 순간이 지나면 협력을 맺은 조직은 말르노프의 하부 조직이 되거나 제거되었다.

동유럽의 조직은 말르노프의 자금과 노련미, 그리고 전투력을 따라올 수 없었다.

말르노프는 체코와 폴란드, 그리고 불가리아에 상당한 세력을 구축했다.

다음으로 루마니아와 헝가리, 크로아티아로 손을 뻗치고 있었다.

크로아티아에 자리를 잡으면 유럽의 이권을 놓고 이탈리아 마피아와의 충돌이 불가피할 것이다.

아르바트 거리의 최고급 식당 중의 하나인 루불랑은 최고급 프랑스 요리를 맛볼 수 있는 곳 중의 하나였다.

예약제로만 운영되는 루불랑의 평균 식사 가격은 100달러가 넘어섰다.

러시아 국민의 평균 한 달 소득은 현재 30만 루블(60달러)이었다. 그중 4천만 명은 50달러 이하의 소득으로 한 달을 생활하고 있었다.

루불랑의 식사는 일반 국민들로는 꿈도 꿀 수 없는 가격이었지만 자리는 늘 가득 찼다.

그러나 루불랑에서 가장 좋은 자리는 비어 있었다.

사람들은 빈자리에 대한 불만이 없었다.

그 자리는 넘볼 수 없었기 때문이었다.

딸랑!

루불랑의 문이 열리며 새로운 손님이 들어왔다.

새로운 손님은 다름 아닌 모스크바의 차르로 불리는 표도르 강이었다.

루불랑의 종업원들은 긴장한 채로 나를 테이블로 안내했다.

루불랑에서 가장 좋은 자리로 말이다.

내가 모스크바에 머무는 동안 지정 테이블은 늘 비어 있었고, 러시아에 머물지 않을 때만 루불랑의 지정 테이블에 손님을 받을 수 있었다.

이 정책은 이곳의 주인인 샤샤의 명령이었다.

루불랑에 먼저 도착해 나를 기다리고 있던 샤샤가 자리

에서 일어나 나를 맞이했다.

"어서 오십시오."

"오래 기다렸나?"

"아닙니다, 저도 방금 왔습니다."

샤샤는 미소를 지으며 날 맞이했다. 그는 15분 전에 루불랑에 도착해 있었다.

말르노프의 샤샤가 15분 동안 기다릴 수 있는 사람은 오직 나뿐이었다.

"그럼, 식사를 시킬까?"

"예, 준비된 것으로 가져와."

샤샤가 이미 루불랑의 셰프에게 이야기를 해놓았다. 샤샤의 말이 떨어지자 대기하고 있던 종업원이 고개를 숙인 후 요리실로 향했다.

"DR콩고로 보낼 물건은 선적했나?"

"예, 오늘 모두 실어 보냈습니다."

DR콩고로 보내는 물건은 다름 아닌 미그 25기 다섯 대였다.

DR콩고의 공군과 약속된 물건이었다. 미그 25기가 DR콩고의 공군에 인계되면 공군 전력이 크게 향상될 것이다.

"잘했어. 양키의 눈은 잘 따돌렸겠지?"

미국은 러시아와 동유럽에서 흘러나오는 무기에 신경을

곤두세우고 있었다.

더구나 일반 무기가 아닌 전투기는 더욱 감시의 대상이었다.

"물론입니다. 다른 미끼를 던져서 시선을 분산시켰습니다."

샤샤의 일 처리는 항상 깔끔했다.

"좋아. 이곳 루불랑처럼 말르노프의 사업은 날로 번창하더군."

말르노프의 성장은 샤샤의 수단과 능력 때문이었다.

"모든 것이 회장님의 덕분입니다. 말씀하신 대로 체코와 폴란드의 운송업체를 부란에 인계했습니다."

체코와 폴란드의 운송업체 중 상당수가 범죄 조직과 연계되어 있었다.

보통의 회사가 두 나라에서 운송 사업을 새롭게 시작한다는 것은 쉬운 일이 아니었다.

시간과 마찰을 줄이기 위해 그들보다 힘의 우위에 있는 말르노프가 나서서 현지 운송업체 세 곳을 인수해 부란에게 넘겼다.

코사크가 나설 수 없는 일들은 말르노프가 처리했다.

그리고 며칠 전 용병 조직인 로보코퍼레이션을 통해서 나를 죽이려고 했던 세력이 이탈리아 마피아와도 연계되었다는 정보를 입수했다.

로보코퍼레이션에서 입수한 자료를 토대로 밝혀낸 정보였다.

"대가를 주어야겠지."

나의 말에 샤샤의 눈빛이 달라졌다.

"모스크바 접수를 허락한다."

모스크바를 완전히 장악해야지만 말르노프는 안심하고 해외로 나갈 수 있었다.

말르노프의 모든 기반이 모스크바에 있었기 때문이다.

"감사합니다."

샤샤는 고개를 깊숙이 숙이면서 말했다.

모스크바의 나머지 조직을 흡수한 말르노프는 헝가리를 거쳐 크로아티아로 넘어갈 계획이다.

그리고 최종 목표인 이탈리아로 진군할 것이다.

서유럽에 대한 패권을 다투기 위해……

        *   *   *

말르노프가 본격적으로 움직인 지 일주일 만에 모스크바의 주인이 확실해졌다.

열다섯 명의 사망자와 수십 명의 부상자가 나온 일주일

간의 전쟁에서 말르노프에 대항했던 3개의 조직은 모두 백기를 들었다.

말르노프의 샤샤는 3개의 조직이 연합하지 못하게끔 사전에 준비를 철저히 하고 있었다.

내부에 협조자를 심어놓은 것은 물론이고 상대 조직을 이끄는 주요 인물들이 모스크바를 떠나도록 공작을 펼쳤다.

변변한 대항과 반격조차 하지 못한 채 마피아 간의 전쟁은 말르노프의 일방적인 승리로 끝이 났다.

3개 조직이 이끌던 사업은 말르노프에게 넘어왔고, 그중에서 운송, 도매유통업과 관련된 사업 분야는 부란과 도시락마트로 이관되었다.

말르노프의 샤샤는 철저하게 나와 충돌할 수 있는 사업들은 배제했다.

샤샤 덕분에 모스크바 도매유통업의 58%를 도시락마트가 장악할 수 있었다.

천만의 모스크바의 인구 중 절반이 넘는 6백만이 도시락마트를 통해서 생필품들을 공급받게 된 것이다.

도시락마트는 모스크바시에만 10개의 판매장을 가지고 있었고, 러시아의 주요 도시마다 2개 이상의 판매장을 오픈한 상태다.

한편으로 도시락 현지 공장이 완공된 이후 도시락 라면의 판매량은 더욱 늘어났다. 독립국가연합과 동유럽의 수출도 가파르게 상승하고 있었다.

물류비용이 절감되어 가격 경쟁력이 더욱 갖추어진 도시락이었기에 이익률이 더욱 높아졌다.

한국에서 수출하는 도시락 라면은 이제 러시아의 극동지역으로만 공급되었다.

"판매되는 수량이 저희가 예상했던 것보다 빠르게 늘고 있습니다. 이런 추세라면 몇 년 안에 다시금 공장을 증설해야 할 것 같습니다."

도시락 현지 판매 법인을 맡고 있는 박우택 본부장의 말이었다.

도시락은 현지 판매 법인이 설립되면서 인원이 78명으로 늘어났다.

"음, 러시아 현지만 고려한 공장이었으니까요."

첨부된 서류를 살펴보니 박우택 본부장의 말처럼 3년이 되기도 전에 판매량을 따라잡을 수 없을 것 같았다.

"예, 독립국가연합과 동유럽의 시장은 고려하지 않았었습니다. 국내 생산량도 극동 지역의 판매량이 늘어 다른 곳에는 공급을 할 수 없는 상황입니다."

도시락 현지 공장이 완공되자 도시락은 룩오일NY 산하

의 세보드냐 신문과 모스크바 방송, 그리고 새롭게 인수한 PTP 라디오를 통해서 적극적인 광고를 내보냈다.

PTP 라디오는 모스크바 라디오로 이름을 바꾸었다.

광고의 효과는 금방 나타났고 판매량은 광고 전보다 43%나 늘어났다.

이제는 정말 도시락 라면은 러시아 국민의 간식과 식사 대용 식품으로 올라섰다.

"신의주 특별 행정구역의 라면 공장이 완공되면 생산되는 물량 중 일부를 러시아로 돌리도록 하지요. 그 이후에 추이를 보면서 증설을 할지 새로운 공장을 세울지를 결정합시다."

신의주 특별 행정구에 세워지는 도시락 공장이 올해 말에 완공될 예정이다.

모스크바에 세워진 공장보다도 더 큰 공장이었고 공장 증설도 쉽게 할 수 있었다.

"예, 알겠습니다."

도시락 현지 법인은 지사가 사용하던 노브이 아르바트 거리의 건물에 자리를 잡고 있었다.

신규로 옆 건물을 사들여 늘어난 직원들을 수용했다.

직원들이 더 늘어나는 것에 대비해 현재 사용 중인 건물에서 500m 떨어진 곳에 새로운 건물을 짓고 있었다.

나는 도시락 현지 법인을 나와 모스크바 방송으로 향했다.

러시아의 3대 방송 중의 하나인 모스크바 방송은 전국적인 방송망을 확대하기 위한 작업을 진행 중이었다.

러시아의 모든 지역을 커버하기 위해서 방송용 위성 또한 준비 중이다.

이를 위해서 소빈뱅크가 모스크바 방송에 6억 2천만 달러를 투자했고 그에 따른 지분을 취득했다.

소빈뱅크는 룩오일NY와 닉스홀딩스 산하 기업들의 자금원 역할을 톡톡히 해내고 있었다.

모스크바 방송국은 모스크바 예술극장이 있는 트베스카야 거리에 자리 잡고 있었다.

일곱 대의 차량이 모스크바 방송국에 도착하자 연락을 받은 방송국의 주요 인사들이 건물 밖에서 나를 영접했다.

"모스크바 방송국의 방문을 진심으로 환영합니다."

모스크바 방송국 사장으로 임명된 알렉산드로프가 나에게 고개를 숙이며 말했다.

알렉산드로프의 뒤로는 부사장과 각 프로그램을 이끄는 국장들이 도열해 있었다.

"한번 방문한다는 것이 조금 늦었네."

"회장님께서 많은 지원을 해주셔서, 직원들의 사기가 아주 드높습니다."

알렉산드로프의 말처럼 보수파의 쿠데타로 인해 파괴되었던 방송국 주변 건물과 내부 시설에 대한 공사가 마무리되어 가고 있었다.

쿠데타에 동원된 군부대의 우선적인 점령 대상 중에 하나가 모스크바 방송국이었다.

그동안 예산 부족으로 부속 건물들의 수리가 이루어지지 않았었다.

소빈뱅크의 투자에 힘입어 모스크바 방송국은 방송 장비들도 최신 장비들로 교체했다.

"식당 공사는 마무리되었나?"

"예, 5일 전에 모두 끝이 났습니다. 이번 주부터 직원들이 구내식당을 이용하고 있습니다."

나를 수행하고 있는 노바닉스E&C의 대표인 바라노프 안의 말이었다. 닉스E&C와 합작한 현지 건설사인 노바닉스E&C는 룩오일NY 산하 기업들의 공사와 러시아 정부에서 발주한 공사들을 주로 맡았다.

러시아 정부는 물론 모스크바시도 의도적으로 노바닉스E&C에게 공사를 밀어주고 있었다.

"잘했군. 직원들에게 신경을 많이 쓰는 사장이 되어야 해."

"예, 명심하겠습니다. 안으로 들어가시지요."

알렉산드로프의 안내로 방송국 안에 들어갔다. 모스크바 방송국은 한국에 있는 TV 방송국보다 2.5배 정도 더 컸다.

구소련 당시 러시아의 건물들은 크고 웅장하게 지어졌었다.

내부로 들어가자 나를 보고 싶어 하는 직원들이 상당수가 나와 있었다.

보도국의 아나운서들과 드라마국의 배우들도 복도에 나와 호기심 어린 눈으로 나를 바라보고 있었다.

그도 그럴 것이 러시아 제일의 기업으로 올라선 룩오일 NY을 이끄는 회장을 보기가 쉽지 않았기 때문이다.

회의장으로 자리를 옮긴 후 모스크바 방송의 현재 상황에 대한 브리핑을 들었다.

"모스크바 방송은 모스크바시를 비롯한 상트페테르부르크와… 3개 도시에서 시청률 1위를 달리고 있습니다. 하지만 구소련의 방송 방식에 따라 딱딱하고 재미가 없는… 이번 개편 방송을 통해 모스크바 방송은 새로운 도약을 위해서 한 발짝 더 나아갈 것입니다."

모스크바 방송의 영향력은 사실 모스크바시와 상트페테르부르크 등 몇 개 도시에서만 영향력을 발휘했고 경쟁 방송사와도 큰 차이가 없었다.

러시아의 방송은 구소련의 영향으로 인해 획일적이고 무거운 내용이라 그다지 재미가 없었다. 하지만 모스크바 방송은 대대적인 개편을 준비하고 있었다.

한국을 비롯한 일본, 미국, 유럽의 방송 중에서 러시아의 정서에 맞는 방송들을 골라 현지에 맞게끔 편집하여 방영하기로 한 것이다.

재미와 감동을 줄 수 있는 방송으로 거듭나게 될 모스크바 방송은 시청자들의 눈과 귀를 즐겁게 해줄 준비를 하고 있었다.

"영화와 스포츠 방송도 충분히 방영할 수 있게 준비를 해. 모스크바 방송 교향악단에 대한 지원은 어떻게 되었나?"

"예, 말씀대로 하겠습니다. 방송 교향악단에 미루어졌었던 급료를 모두 지급했습니다. 정기 연주를 위한 지원을 위해 해마다 백만 달러씩 지원하기로 했습니다. 또한 연주자들의 급료를 지금보다 30% 올리기로 합의했습니다."

모스크바 방송 교향악단은 구소련의 대표적 오케스트라의 하나로 1930년에 모스크바 국립 방송국의 전속 악단으로서 창설되었다.

오랜 역사를 가진 레닌그라드 필하모니를 별도로 한다면, 소련의 교향악단 중에서는 가장 오래된 악단이라 할 수 있다.

"연주자들이 편하게 연습할 수 있는 장소를 별도로 제공하도록 해. 실력 있는 연주자들을 더 모집하고 지원을 아끼지 않았으면 좋겠네."

모스크바 방송의 영향력을 확대하기 위해서라도 모스크바 방송 교향악단의 명성을 더욱 올릴 필요가 있었다.

"예, 말씀하신 대로 시행하겠습니다."

15년간 방송 업무를 담당해 온 알렉산드로프는 젊은 시절 유럽에서 다년간 생활했기 때문에 유럽의 방송문화를 잘 알고 있었다.

그는 모스크바 방송을 맡기 전부터 미국과 유럽을 돌며 방송문화를 연구하기도 했다.

또한 잘 이해하고 있었다.

현재 내가 모스크바 방송에 지원을 아끼지 않고 있는 이유에 대해서도 잘 알고 있었고, 이에 방송을 통해 룩오일 NY 산하 기업들과 도시락에 대한 광고를 계속해서 내보내고 있었다.

러시아 국민들에게 가장 친숙하고 친근한 기업의 이미지를 심기 위해서였다.

한편으로 룩오일NY의 회장이 외국인이라는 반발심과 적대적인 감정을 위한 줄이기 위한 목적도 있었다.

    또한 러시아 정치인들에 대한 영향력을 강화하기 위해서
라도 모스크바 방송의 영향력을 지금보다 더욱 증대시켜야
만 했다.

Chapter 2

러시아에서의 일정은 한국에서처럼 바쁜 일정들이었다.

만날 사람들도 많아졌고 결재해야 할 서류도 많았다.

"이거야 정말 끝이 없네. 후!"

세레브로 제련 공장의 확장을 위한 결재 서류에 사인한 후 절로 한숨이 나왔다.

올해 들어와 러시아의 경기는 완만하게 상승 곡선을 그리고 있었다.

체첸공화국 사태가 원만하게 해결되는 등 러시아를 둘러싼 정치적인 불안감이 해소된 것이 경기회복에 대한 기대

심리를 높이고 있었다.

체첸공화국이 독립을 포기하자 러시아 내 독립을 요구했던 다른 공화국들도 독립파의 목소리가 약해졌다.

그 덕분에 옐친 대통령의 인기가 올라갔고 입지도 탄탄해졌다.

나 또한 옐친 대통령을 돕기 위해 모스크바 방송을 통해 체첸사태의 평화적인 해결이 러시아의 앞날을 밝게 했다는 방송을 연속해서 내보냈다.

옐친 정부와 룩오일NY의 관계는 해가 갈수록 더욱 돈독한 관계로 나아가고 있었다.

"중요한 결재는 모두 끝이 났습니다. 이제 여유를 가지셔도 될 것입니다."

결재를 마친 서류를 챙기는 루슬란 비서실장의 말이었다.

"러시아나 한국이나 쉴 틈이 없게 만들어."

"벌이시는 사업들이 그만큼 성장하고 있다는 방증입니다."

루슬란의 말처럼 룩오일NY 산하 기업들의 성장세는 시간이 지날수록 더욱 빨라지고 있었다.

성장하는 만큼 회사들의 이익 또한 해가 바뀔수록 늘어났다.

"너무 빨리 성장하는 것도 좋지 않아."

"성장률이 다른 회사보다 높다는 것은 회장님의 경영 능력이 그만큼 탁월하다는 것입니다."

"하하하! 루슬란의 아부도 빠르게 성장하는데."

"아부가 아닙니다. 회장님을 모시면서 늘 느끼는 것이지만 정말 모든 면에 뛰어나시다는 것을 알게 되었습니다. 저희가 생각지도 못하는 일들을 성사시키시는 것은 볼 때마다 전율이 느껴질 때가 많았습니다."

루슬란뿐만 아니라 나를 따르는 인물들이 느끼는 공통된 생각이었다.

지금까지 단 한 번의 실패도 없었다.

모든 일이 나의 예측대로 진행되었고, 변수가 생기더라도 그 일을 극복하는 모습을 보여주었다.

그런 일들이 반복될 때마다 직원들과 나를 따르는 인물들은 더욱더 날 맹종하고 따를 수밖에 없었다.

"자네도 그렇고 모든 직원이 잘 따라주었기 때문이야. 나 혼자서 할 수 있는 일은 한계가 있어."

"회장님의 능력 중에 가장 큰 능력은 저를 비롯한 룩오일 NY 산하 직원들을 열심히 일할 수밖에 없게 만드는 능력이십니다."

"그게 무슨 말이지?"

루슬란 비서실장의 말이 무슨 뜻인지 이해가 되지 않았다.

"제가 제 입으로 말씀드리기는 그렇지만 회장님은 자신의 공을 내세우지 않으시고 항상 직원들에게 돌리십니다. 그런 겸손하신 모습 때문에 더욱 따를 수밖에 없습니다."

"하하하! 그래서 일을 더욱 열심히 한다는 것인가?"

루슬란의 말에 절로 큰 웃음이 나왔다.

"예, 회장님에게 그런 말을 들을 때가 기쁘기 때문입니다. 그래서 더욱 잘 보이고 싶은 마음에서라도 일을 열심히 하게 됩니다."

"하하하! 앞으로는 내가 말을 조심해야겠어. 유능한 비서실장이 과로로 쓰러지면 안 되니까 말이야."

"하하하! 그래주셨으면 합니다."

루슬란 비서실장은 내 말에 큰 웃음을 토해냈다.

유능한 인재와 열심히 일하는 직원들에게 나는 최선의 환경을 만들어주었다.

그들이 먼저 요구하기 전에 말이다.

룩오일NY의 성장은 러시아에서 극히 드물게도, 사람 중심의 근무 환경을 만들어가는 경영 철학에 큰 영향을 받았다.

회사의 성장과 함께 그에 따른 이익에 대한 분배를, 나는 직원들에게 해주고 있었다.

그러한 모든 점이 러시아와 독립국가연합은 물론 동유럽에서도 가장 들어가고 싶은 기업으로 룩오일NY가 선정된 이유이기도 했다.

*　　*　　*

러시아의 일을 어느 정도 끝내놓고 나는 다시 한국행 비행기에 올랐다.

한국에서 닉스홀딩스 법무팀에 속한 루이스 정을 만나 마블코믹스와 DC코믹스 인수를 위한 협의를 하기로 했다.

마블코믹스와 DC코믹스는 미국 만화의 양대 산맥으로서 수많은 콘텐츠를 소유한 만화 출판사였다.

마블코믹스는 2009년 9월 1일 월트 디즈니 컴퍼니에 의해 40억 달러에 인수되었고, DC코믹스가 속해 있는 워너 브러더스의 모회사인 워너커뮤니케이션은 1989년 미국의 신문, 잡지 전문 회사인 타임과의 주식 교환 거래로 합병되었다.

현재 마블코믹스가 속해 있는 마블 엔터테인먼트의 인수를 위해 제시한 금액은 1억 2천만 달러였고, DC코믹스는 5억 달러를 모회사인 워너 브러더스에 제시했다.

현재 마블 엔터테인먼트의 경영 상태는 좋은 편이 아니었다.

80년대와 90년대 초반과 달리 미국의 소비자들은 만화를 마구 사들이지 않았고, 그룹 회장인 로널드 페렐만의 경영 실패도 한몫했다.

이대로 간다면 역사대로 1997년 파산 절차를 밟게 된다.

회장인 페렐만은 재능 있는 직원들을 중요하게 생각하지 않았다. 그는 상품성 있는 만화 속 캐릭터들만 중요하게 생각했지, 캐릭터를 그려내는 재능 있는 직원들은 중요하게 여기지 않을 뿐만 아니라 제대로 된 대우를 해주지 않았다.

그러다 보니 최상급 작가들과 예능인들이 회사를 떠나고 있었다. 당연히 캐릭터의 완성도와 만화 내용의 질도 덩달아 낮아졌다.

소비자들은 금세 알아챘고, 마블을 지지하던 마니아들도 마블코믹스를 외면하기 시작했다.

그러나 경쟁사인 DC코믹스는 타임워너의 막강한 지원에 힘입어 매출이 급신장하고 있었다.

"음, 마블은 인수 가능성이 높은데, DC코믹스가 문제군."

인수 보고서를 살피는 사이 비행기가 김포공항에 내려서고 있었다.

다른 나라를 방문할 때는 전용기를 사용했지만, 국내는 일부러 국내 항공사를 이용했다.

3개월 만에 돌아온 한국은 이제 5월의 푸름이 가득했다.

나는 공항에 대기하고 있던 차에 올라 곧장 닉스홀딩스로 향했다.

닉스홀딩스 본사가 있는 여의도에도 봄날의 따스함이 한껏 느껴졌다.

닉스홀딩스 회의실에는 기업 인수 합병(M&A)팀이 나를 기다리고 있었다.

"많이 피곤하신데 쉬지도 못하시고 곧장 오시게 해서 죄송합니다."

인수 합병팀을 이끌고 있는 루이스 정이 나를 맞이하며 말했다.

"아닙니다. 시급한 일이니까, 빨리 끝내야지요. 보고서를 보니 마블코믹스는 인수가 가능할 것 같던데요?"

"마블은 적극적으로 나오고 있습니다. 한데 굳이 시장에서 관심을 접고 있는 마블을 인수하시려고 하는 이유가 있으십니까? 내년 하반기쯤에는 저희가 제시한 가격의 절반 이하로도 가능할 것 같은데요."

"물론 정 이사의 말처럼 시간이 지나면 마블의 인수 가격은 내려갈 것입니다. 하지만 그리되면 유능한 인재들이 모두 떠난 후에 빈껍데기만 남은 회사를 인수할 수밖에 없을 것입니다. DC코믹스의 반응은 어떻습니까?"

나는 의자에 앉으면서 이야기를 했다.

"그쪽은 굳이 지금 상황에서 회사를 팔 의미가 없다는 생각입니다. 경쟁사인 마블이 상대적으로 어려움을 겪자 DC코믹스의 매출도 늘고, 시장 장악력도 올라가고 있으니까요. 시장 장악력은 작년보다 18% 신장했습니다."

"음, 5억 달러가 적다고 여기는 건가요?"

내 질문에 루이스 정의 옆에 앉아 있는 피터가 입을 열었다. 그는 국제 회계사 출신으로 직급은 부장이었다.

"시장의 추이를 봐서 5억 달러는 적당한 가격입니다. 워너 쪽은 갑자기 저희 쪽에서 인수 제의를 받자 의도를 파악하는 중인 것 같습니다. 더구나 마블의 인수도 함께 추진한다는 점에서 경계하는 눈치입니다."

북미 시장을 양분하고 있는 양대 만화 출판계를 인수하려고 하는 주체는 미국의 닉스 법인이었다.

시간이 지나면 두 출판사의 인수는 꿈도 꿀 수 없게 된다. 그러나 아직은 마블과 DC코믹스에서 나오는 만화 캐릭터들의 영화화와 함께 캐릭터 상품의 개발이 한정적이었다.

현재까지 슈퍼맨과 배트맨 정도가 영화화되었고, TV 드라마로 만들어진 것은 헐크와 원더우먼 정도였다.

대부분은 TV와 극장판 애니메이션으로 제작되었다.

"그럴 수도 있겠군. 우리가 북미 만화 출판 시장을 장악하려는 것으로 보일 테니까. 언제 다시 만나기로 했습니까?"

"예, 마블은 다음 주에 최종 금액을 결정하기로 했습니다. DC코믹스는 두세 번 정도 협상을 더 진행해야 답이 나올 것 같습니다."

루이스 정의 말처럼 매출이 늘고 있는 DC코믹스 측은 당장 아쉬울 것이 없었다.

하지만 모회사인 워너 브러더스가 작년 말과 올 초 개봉한 영화들이 흥행에 참패하면서 자금 압박을 받고 있었다.

그 때문에 계획되었던 3편의 영화 제작이 미루어졌다.

"인수 금액에 대해서는 구애받지 말고 일을 진행하십시오. 시간이 지나면 우리가 인수하려고 하는 두 회사의 진정한 값어치를 알 수 있을 것입니다."

마블코믹스와 DC코믹스는 향후 영화 기술 발전과 디지털 기술의 발전으로 인해서 놀라운 수익을 올린다.

또한 각 만화에 등장하는 캐릭터들은 모두 하나의 회사로서 성장하게 된다.

30분 정도 더 회의를 한 나는 피곤한 몸을 이끌고 집으로 향했다.

아무리 나이가 젊어도 연속된 회의와 보고서 검토는 피곤함을 몰고 왔다.

*   *   *

대산에너지는 새로운 원유를 발견하기 위해 사활을 걸고 광구 탐사를 진행했다.

2억 7천만 달러를 새롭게 투입하여 2차 탐사 지역의 2광구와 3광구를 동시에 탐색하고 있었다.

대산에너지는 광구 탐사 자금 조달을 위해 원유가 나왔던 고티광구의 지분 35%를 1억 2천만 달러를 받고 쌍용정유에 팔았다.

이 계약은 이중호가 주도했고, 대산그룹 회장인 이대수에게 알리지 않았다.

고티광구 지분 판매는 대산에너지가 비밀리에 쌍용정유에 제의해서 이루어졌다.

"2광구는 가능성이 보이지 않습니다. 3광구에 집중해야 할 것 같습니다."

현장 소장의 보고를 받은 이중호 이사의 얼굴이 일그러

졌다.

기대를 걸었던 2광구도 원유가 나오지 않았다.

"3광구의 가능성은 얼마나 돼?"

"17% 정도입니다."

"하하! 성발 미치게 만드네. 미국 놈들은 뭐래?"

광구 탐사를 의뢰한 곳은 미국 회사였다.

"가능성이 있다는 말만 반복하고 있습니다."

"가능성이 없던 때가 없었잖아. 3광구도 꽝이면 대산에 너지는 문을 닫아야 한다고. 작년 말부터 올해까지 4억 5천 만 달러를 쏟아부었단 말이야."

"예, 최선을 다하고 있습니다."

현장을 맡고 있는 최선규 소장은 다른 할 말이 없었다. 작년 원유를 발견할 때만 해도 상황이 이렇게 될지는 누구 도 몰랐다.

"최선을 다하는 것만으로는 안 돼. 반드시 석유가 나와야 만 해."

피로로 인해 벌겋게 충혈된 이중호의 두 눈에서는 독기 가 뿜어져 나왔다.

요즘은 도통 잠을 이룰 수가 없었다.

수면제와 술에 의지해 잠을 청해도 자는 시간은 두서너 시간뿐이었다.

그 때문인지 일에 집중이 되지 않았다.

요즘 들어 자주 짜증을 내고 안 좋은 보고는 아예 거들떠 보지도 않았다.

"알겠습니다."

"8월까지 결과물이 없으면 더는 지원할 자금도 없어. 여기 모인 모두 실업자가 되지 않으려면 원유가 나와야 한다고."

회의실에 모인 인물들 모두가 이중호의 말에 표정이 어두워졌다.

이중호의 업무 지시와 일 처리에 불만을 가진 인물도 있었지만, 그룹 총수의 아들이라는 것 때문에도 말을 아꼈다.

올 초부터 이중호는 아예 직원들의 의견을 듣지 않았다. 오로지 지시만 있을 뿐이었다.

회의를 마치고 나온 이중호는 자신의 BMW 차량을 몰고 나와 통일로로 향했다.

답답한 기분을 풀어줄 수 있는 것은 이제 술도 아니었다. 맹렬하게 속도를 내며 달리는 차량 안에서 속도감을 즐길 때만 잠깐이나마 현실을 잊을 수 있었다.

부아앙!

통일로의 초입부터 액셀러레이터를 힘차게 밟았다.

아직은 외제 차량이 많지 않은 시대였다. 속도를 무섭게 내는 이중호의 차량에 앞서가던 차들이 옆으로 비켜주기 시작했다.

"다들 비키라고!"

폭주하듯이 내달리는 차에 올라탄 이중호는 크게 소리쳤다.

속도는 100㎞를 넘어 130㎞까지 순식간에 올라섰다.

아슬아슬하게 줄타기를 하는 광대처럼 앞선 차들을 추월하는 이중호는 조금씩 희열감을 느끼고 있었다.

용기를 넘어선 광기의 눈빛을 한 이중호는 마치 인생을 끝마치고 싶어 하는 사람처럼 보였다.

"왜 다들 내 앞길을 막는 거야!"

쌓여 있던 분노가 폭발하듯이 쏟아져 나왔다. 특별한 존재로 태어나 특별한 존재로 계속 살아가야만 하는 지금, 이중호는 특별한 모습을 보여주지 못했다.

그 중압감에서 오는 스트레스와 아버지인 이대수 회장에게 잘 보이고 싶은 부담감이 온몸을 짓눌렀다.

자동차의 속도는 이제 150㎞를 넘어서고 있었다.

*　　　*　　　*

"이게 모두 사실이야?"

이대수 회장은 청용수 비서실장이 가져온 보고서를 보고 되물었다.

"예, 두세 번씩 확인했습니다. 제2 탐사 지역에서 발견된 원유는 경제성이 떨어져 현재로서는 시추가 어렵다고 합니다. 대산에너지 담당 직원에게서 직접 들은 이야기입니다."

"시추가 어렵다는 말이 무슨 말이야?"

"한마디로 판매가보다 채굴 비용이 더 들어갑니다. 현재 21달러에 거래되는 유가보다 채굴 비용이 25달러 이상 들어간다고 합니다."

"이놈들이 날 갖고 놀아."

이대수 회장의 얼굴이 일그러지며 손에 잡고 있던 보고서가 그대로 구겨졌다.

"그리고 쌍용정유에 원유가 발견된 고티광구 지분의 35%를 1억 2천만 달러에 넘겼다고 합니다. 문제는 서류가 조작된 것 같습니다."

"허허! 이놈이 오냐오냐하니까 제멋대로 하는군. 김장우 이놈은 뭐 하고 있었던 거야? 당장 오라 그래!"

허탈한 웃음을 지은 이대수 회장은 불같이 화를 냈다. 회사에 손실이 난 것보다 자신을 속이고 사업을 진행한 이중호와 대산에너지의 대표인 김장우에 대한 배신감이었다.

"예, 알겠습니다."

정용수 비서실장은 고개를 숙인 후 회장실을 급하게 나갔다.

"허! 이놈이 아비를 속여."

이대수는 끓어오르는 분노와 배신감에 손을 떨었다.

40분이 지나자 대산에너지 대표인 김장우가 상기된 표정으로 회장실로 들어섰다.

이대수 회장의 갑작스러운 호출에 김장우는 불안감을 감추지 못했다.

왠지 좋은 일이 아니라는 느낌 때문이었다.

"부르셨습니까?"

"왜 날 속였나?"

고개를 숙이며 인사를 건네는 김장우에게 이대수는 싸늘한 말투로 물었다.

"예, 그게 무슨 말씀이신지?"

김장우는 조심스럽게 되물었다.

"고티광구에서 발견된 원유가 경제성이 떨어진다는 것 말이야!"

이대수 회장은 자신이 보고 있던 서류를 김장우가 있는

쪽으로 집어 던지며 소리쳤다.

"아, 그게… 죄송합니다."

이대수의 말에 김장우는 어떻게 해야 할지를 몰랐다. 8월까지만 어떻게든 이대수 회장의 귀에 들어가지 않게끔 하려고 노력했었다.

"지금 죄송하다고 끝날 이야기야? 쌍용정유에게 지분을 넘긴 건 또 뭐냐?"

연달아 던지는 이대수 회장의 질문에 김장우의 얼굴은 백지장처럼 하얗게 질려갔다.

"그것이… 정말 죽을죄를 지었습니다. 사실 이중호 이사가……."

김장우는 더는 버틸 수가 없었다. 이미 이대수 회장은 모든 걸 알고 있었다.

여기서 순순히 모든 걸 이야기하지 않으면 돌아올 수 없는 강을 건너는 상황이 되는 것이었다.

김장우는 그동안에 있었던 일들을 소상히 이대수 회장에게 전했다.

"네가 대산에너지의 대표로 임명한 사람은 너지, 이중호가 아니야. 밑에 있는 직원 하나를 통제하지도 못하는 놈이었어?"

김장우의 말을 들은 이대수는 기가 찼다. 믿고 있었던 김장우가 이중호에게 놀아난 상황이었다.

실질적으로 대산에너지를 움직이고 있는 것은 다름 아닌 이중호였다.

"……."

김장우는 이대수 회장의 말에 아무런 대꾸를 할 수 없었다.

"이중호는 어디에 있는 거야?"

"회사에 출근하지 않은 것 같습니다."

옆에서 대기하고 있는 정용수 비서실장의 대답이었다.

"어디에 있든지 당장 끌고 와. 그리고 감사팀을 대산에너지로 보내서 모든 것을 파악해."

이대수 회장의 얼굴에는 노기(怒氣)로 가득했다. 이대수의 말을 들은 김장우는 고개를 깊숙이 떨굴 뿐이었다.

*　　　*　　　*

이중호는 오래간만에 깊은 잠을 잘 수 있었다.

누구의 방해도 받기 싫어서 삐삐와 핸드폰도 꺼버렸다.

이중호는 어제 통일로를 거쳐 자유로까지 밤새 내달렸다.

그러고는 서울로 돌아와 눈에 들어오는 호텔에 투숙해

늦게까지 잠을 잤다.

"우! 정말 간만이야."

이중호는 기지개를 켜며 일어났다. 커튼을 열자 눈부신 햇살이 온몸으로 쏟아졌다.

"몇 시쯤 된 거야?"

시계를 보자 오전 열두 시를 지나고 있었다.

"벌써 시간이 이렇게 됐네."

이중호가 탁자에 올려둔 삐삐에 전원을 켜자마자 삐삐가 무섭게 울렸다.

삐삐에 찍힌 번호는 회사였다.

"정말, 내가 없으면 일이 돌아가지 않는 건가?"

이중호는 탁자 위에 놓인 전화기를 들었다.

신호가 떨어지고 익숙한 목소리가 들려왔다.

—여보세요.

이중호의 뒤치다꺼리를 맡고 있는 박종운 과장이었다.

"무슨 일이야?"

—큰일 났습니다. 대표님이 회장실로 불려가셨습니다. 회장님께서 뭔가를 알아채신 것 같습니다. 그리고 감사팀이 오전부터 회사로 들이닥쳤습니다.

"알았어. 중요 서류들은 잘 처리했지?"

이중호는 박종운의 말에 오히려 차분해졌다. 언젠가는

겪게 될 일이기도 했다.

―예, 제가 보관하고 있습니다.

박종운 과장이 가지고 있는 서류는 쌍용정유와 계약한 고티광구 서류와 자료들이었다.

그리고 탐사 비용으로 사용 중인 자금 중 일부를 빼돌려 놓았다.

"내가 말할 때까지 가지고 있어."

―알겠습니다.

드르륵! 드르륵!

전화하는 와중에 다시금 삐삐가 울렸다. 번호를 보니 그 룹 비서실이었다.

"회장님이 날 찾나 보네. 이따가 보자."

―예.

이중호는 전화를 끊고는 대충 옷을 걸친 후에 담배를 입에 물었다. 불을 붙이지 않은 채로 담배를 문 이중호는 한동안 의자에 앉아 창밖을 바라보았다.

"후! 운도 사람을 가리는 것 같아."

한숨을 내쉰 이중호는 자리에서 일어나 수화기를 붙잡았다.

"접니다. 곧 가겠다고 말씀드리십시오."

이중호는 전화를 끊고는 담배에 불을 붙였다.

"후우! 회사를 떠날 수밖에 없겠지. 딱 3개월만 더 버텼으면 좋았을 것을."

담배 한 모금을 더 빨아들인 이중호는 담배를 끄고는 호텔 방을 나섰다.

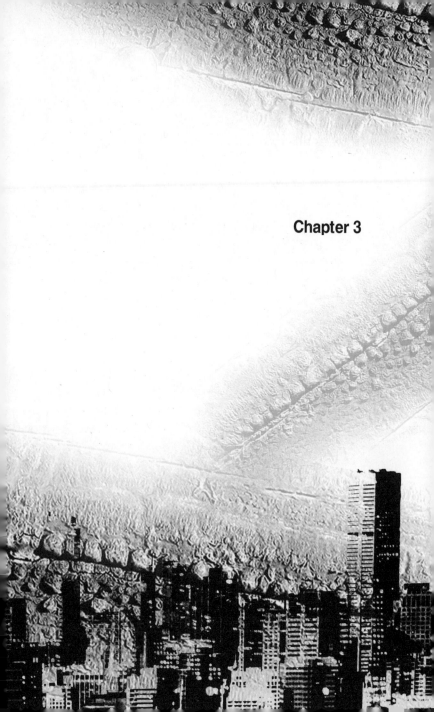

Chapter 3

토요일 저녁 송 관장이 나를 비롯한 김만철과 티토브 정을 집으로 초대했다. 송 관장의 후배가 사냥한 멧돼지 고기를 보내주었기 때문이다.

마당에는 이전처럼 커다란 솥뚜껑이 준비되어 있었다.

"언제 이런 걸 다 준비하셨습니까?"

김만철은 집에서 가져온 복분자주를 품에 안은 채 말했다.

"어! 어서들 와. 집을 새로 짓기 전부터 있었던 우리 집 고기 판이야. 잘 달구어진 솥뚜껑에 고기를 구워 먹는 것이 최고야."

송 관장은 이미 솥뚜껑에 고기를 얹고 있었다.

"오늘은 정말 푸짐하게 먹겠는데요?"

송 관장의 옆으로 잘 손질된 멧돼지 고기가 놓여 있었다. 그 양이 열 사람이 충분히 먹고도 남을 만큼의 양이었다.

"그래, 실컷 먹고 마시자고. 오랜만에 이렇게 다 모였는데 말이야."

송 관장이 러시아와 신의주 특별 행정구에 머물 때 우리 네 사람은 자주 어울려 술을 마셨었다.

하지만 해외 사업체가 늘어나고 내가 바쁜 관계로 네 사람이 다 모이는 일은 드물어졌다.

"그럴 줄 알고 송희 엄마가 담근 복분자주를 가져왔습니다."

김만철은 커다란 술 단지를 내려놓으며 말했다. 그의 아내는 다양한 술을 담갔고, 김만철과 티토브 정이 그 혜택을 고스란히 받고 있었다.

"이거 가지고 되겠어?"

"부족하면 이것도 마셔야지요."

나 또한 송 관장이 좋아하는 안동 소주를 준비해 왔다.

"하하하! 그래, 확실하게 마셔야지."

"한데 가인이와 예인이는 어디 갔습니까?"

두 사람이 보이지가 않았다.

"가인이는 집에서 야채를 준비하고 있고, 예인이는 약속이 있는 것 같던데. 말을 해놨으니까 좀 있다가 오겠지. 거기 접시 좀 줘봐라."

"이, 예."

송 관장의 말에 테이블에 놓인 접시를 건넸다. 불이 잘 올라와서인지 고기는 노릇노릇 맛있게 구워졌다.

마침 가인이가 쟁반에 상추와 깻잎, 고추를 한가득 내왔다.

"언제 온 거야?"

"어, 지금 왔어. 이리 주세요."

가인이는 날 보자 반가운 미소를 지으며 말했다. 해가 바뀔수록 가인이는 더욱더 볼륨감 있는 몸매가 되어갔다.

잘록한 허리에 운동으로 다져진 몸매에다가 나올 때와 들어갈 때가 명확했다.

가인이가 들고 온 야채들을 테이블 위에 올려놓았다.

"김치하고 밑반찬 좀 가져올 테니까, 테이블 좀 정리하고 있어."

"알겠습니다."

가인이는 다시금 집으로 들어갔다. 테이블 위에 젓가락과 수저를 놓고 있을 때 예인이가 모습을 보였다.

"어서 와. 딱 맞춰서 왔네."

다시금 짧은 머리에서 긴 머리로 스타일을 바꾼 예인이는 청초한 모습으로 돌아와 있었다.

"빨리 온다고 한 건데. 이리 줘. 내가 할게."

"아닙니다. 다 했습니다."

"예인 씨는 점점 더 예뻐지시는 것 같습니다."

김만철이 고기를 테이블에 올려놓으며 말했다.

"안녕하셨어요. 전 그냥 평범해요."

"하하하! 그런 거짓말은 어디 가서 하지 마세요. 정말 돌날아옵니다."

김만철은 예인이의 말에 크게 웃으며 말했다.

김만철의 말처럼, 예인이 또한 활짝 피어난 백합처럼 아름답고 우아함까지 엿보였다.

예인이는 가시가 달린 아름다운 장미꽃과 다른 기품 있는 우아함으로 쉽게 접근할 수 없는 매력을 풍겼다.

"그래. 평범하지는 않지. 안 그래요, 정 차장님?"

"예, 물론이죠. 여러 나라를 다녀도 예인 씨만 한 분을 보지 못했습니다."

내 말에 티토브 정은 살짝 얼굴을 붉히며 말했다. 여자에 대해 그다지 관심이 없는 티토브 정이었지만 언젠가부터 예인이를 쉽게 쳐다보지 못했다.

"말씀이라도 고맙네요. 전 제 모습이 그냥 그래요. 단지 절 사랑해 주는 사람에게만 예쁜 모습으로 보이면 좋겠어요."

"하하하! 우리 예인이도 연애를 할 때가 된 거야. 어디 좋은 사람 있으면 소개들 좀 해."

송 관장이 예인이의 말을 듣고는 웃으면서 말했다.

"그럼, 우리 정 차장은 어떻습니까? 능력도 있고 얼굴도 이만하면 잘생긴 편인데."

김만철이 송 관장의 말을 듣고는 말했다.

"으음! 김 부장님. 전 아직 할 일이 많습니다."

헛기침을 하는 티토브 정은 김만철의 말에 얼굴이 살짝 붉어졌다. 그 말이 싫지 않은 모습이었다.

"정 차장 정도면 괜찮지."

송 관장도 옆에서 편을 드는 말을 했다.

"고마운 말씀인데, 전 좋아하는 사람이 따로 있어요."

예인이의 말에 순간 다들 꿀 먹은 벙어리처럼 잠시 말을 잇지 못했다.

그중 티토브 정의 표정이 순간 어두워졌다.

"하하하! 예인이가 좋아하는 사람이 있었구나."

나는 멋쩍은 분위기를 바꾸려고 일부러 크게 웃으면서 말했다.

"그런지도 모르고 내가 괜한 말을 했네요. 한데, 예인 씨가 좋아할 정도면 보통 인물은 아니겠습니다."

김만철은 멀쑥한 표정을 지으며 말했다.

"나도 몰랐었네. 우리 예인이가 좋아하는 사람이 있다는 걸 말이야."

'후! 이거 정말 가시방석이 따로 없네.'

차분한 표정의 예인이와 달리 당황스러운 것은 나였다.

"예전에는 잘 몰랐는데, 요즘 들어서 좋아졌어요."

"누군지 물어봐도 되니?"

송 관장의 말에 순간 내 심장이 쿵쿵거리며 뛰기 시작했다.

그런 나를 슬쩍 쳐다보던 예인이는 입가에 미소를 띠며 말했다.

"학교 선배예요. 저보다 한 학년 위의 선배."

"그래, 그럼 언제 한번 집으로 초대해. 나하고 태수가 예인이의 남자 친구로서 자격이 있는지 한번 살펴보게 말이야."

"예, 절 받아들이면 그때 가서 한번 말해볼게요. 아직은 저 혼자 애태우는걸요."

"하하하! 우리 예인이를 애태우는 남자가 누군지 정말 궁금한데. 태수는 알고 있었냐?"

예인이의 말에 송 관장은 크게 웃으면서 말했다. 예인이
가 짝사랑을 한다는 것이 재미있다는 표정이었다.

"아니요. 저도 오늘 처음 들었습니다."

"하여간에 난 다른 것 없다. 남자답고 여자를 끝까지 책
임질 수 있는 남자면 돼. 태수처럼 말이다."

"하하! 그래야지요."

내 어깨를 치며 말하는 송 관장의 말에 그저 웃을 수밖에
없었다.

식사하는 내내 나만 좌불안석이었다. 예인이의 입에서
어떤 말이 튀어나올지 몰랐기 때문이다.

다행스럽게도 더는 예인이가 좋아한다는 남자에 대한 이
야기가 나오지 않았다.

"미국의 출판사를 인수한다고?"

"예, 엄밀히 말하면 만화책을 출간하는 출판사입니다. 슈
퍼맨과 원더우먼 등을 그려내는 출판사죠."

"만화책을 출판하는 회사는 국내에도 많잖아. 왜 굳이 미
국 출판사를 인수하려고 하는 거야?"

옆에서 이야기를 듣고 있던 가인이가 물었다.

"만화책을 출판하는 목적보다는 만화 속에 나오는 주인
공과 악당들 캐릭터의 소유권을 가져오는 의미로 봐야 해."

"그게 무슨 말이야? 만화 속 캐릭터를 사는 돈이 그렇게 나 비싸?"

인수 가격을 들은 예인이가 궁금한 표정으로 물었다.

"지금 당장은 큰돈이 되지는 않아. 미래를 보고 돈을 투자하는 거야. 앞으로 컴퓨터와 프로그램의 발전으로 인해서 여러 분야에 많은 기술적 진보가 이루어지거든. 그 덕분에 영화를 제작하는 기술도 크게 발전할 거야. 그러면 지금은 만화영화로밖에 구연할 수 없는 동작들이 실제 영화로도 가능한 시기가 와. 그때 지금 인수하려고 하는 출판사들의 캐릭터가 빛을 보게 되지. 영화와 게임, 그리고 다양한 콘텐츠로 활용할 수 있으니까."

"무슨 말인지 난 도통 모르겠다."

송 관장은 내 말에 고개를 저으며 말했다. 김만철과 티토브 정도 이해를 못 하겠다는 표정이었다.

가인이와 예인이 두 사람만이 알 듯 모를 듯한 표정을 지었다.

"어렵다. 오빠는 늘 미래를 아는 것처럼 행동하는 것 같아."

옆에 앉은 가인이가 날 쳐다보며 물었다.

"하하! 미래는 현재 과학기술의 발전상과 자료를 바탕으로 충분히 예측할 수 있어. 다만 도래하는 시기가 언제인가는 정확히 알 수 없을 뿐이지."

"정말 태수가 하는 일은 보통 사람은 가늠할 수 없는 것 같다."

"그럼요. 수만 명의 직원들을 이끄는 회장님이신데요. 평범하면 절대로 할 수 없는 일입니다."

김만철이 송 관장의 말을 받으며 말했다. 식사 자리에 함께 있는 사람들뿐만 아니라 함께 일을 하는 직원들 모두가 나의 식견과 미래를 내다보는 안목에 늘 놀라움을 표했다.

"오빠를 볼 때마다 놀라워. 도대체 운영하는 회사가 몇 개나 되는 거야?"

"글쎄, 내가 직접 관여해 인수한 회사들과 각 회사의 필요 때문에 설립되거나 인수되는 회사들도 많아져서. 아마 한 50개는 될 거야."

현재 국내 닉스홀딩스 산하에 있는 회사들은 닉스, 패션 업체인 겐조, 알렉산더 맥퀸, 스톰, 닉스제약, 닉스종합병원, 도시락, 도시락마트(러시아 현지법인) 닉스E&C, 닉스코아(광물·자원), 닉스해운, 닉스커피, 닉스USA(미국 법인), 닉스호텔, 닉스철강, 닉스석유화학, 블루오션, 블루오션반도체, 명성전자, 비전전자, 비전전자부품, 별도의 법인으로 관리되는 신의주 특별 행정구㈜와 북한 인력 관리 업체인 신의주인력관리가 있었다.

러시아는 룩오일NY 산하에 룩오일NY Inc(에너지, 석유), 소빈뱅크, 소빈메디컬(병원), 코사크(경비 · 경호), 부란(운송), 세레브로 제련공장, 노바닉스E&C(건설), 모스크바 방송, 세보드냐 신문사, 시단코(정유), VSMPO(티타늄), 라두가 자동차, 알로사(다이아몬드), 파베르제(보석) 등이 있었다.

또한, 회사별로 자회사들을 소유하고 있었기 때문에 회사 수는 더욱 늘어났다.

"와우! 정말 대단하네. 다들 작은 회사들이 아닐 것 아냐?"

"회사마다 규모는 다르지만, 러시아에 있는 룩오일NY Inc 하나만 2만 5천 명이 넘으니까."

"하하하! 태수는 정말 하늘이 낸 사람이야. 어떻게 5년 만에 그런 회사들을 거느릴 수 있는지 내 머리로는 이해가 안 된다."

송 관장은 고개를 절레절레 흔들며 말했다. 그도 그럴 것이 송 관장과 처음 만날 때 용산에 비전전자를 설립하고 회사의 고문으로 요청했었다.

미성년자가 가게를 계약하고 운영하는 것이 문제가 될 수 있었기 때문이었다.

한데 지금 작은 비전전자는 엄청난 회사로 성장해 러시아와 한국에 그룹을 이루어냈다.

　　　　＊　　　　＊　　　　＊

　송 관장 집에서의 식사는 밤늦게까지 이어졌다.

　자정이 넘어가자 가인이와 예인이는 집으로 들어갔다.
송희 엄마의 급한 호출을 받은 김만철과 티토브 정도 자리
를 떠났다. 마당에는 나와 송 관장만 남아 이야기를 나누고
있었다.

　주제는 이제 내가 운영하는 기업 이야기에서 수련에 대
한 이야기로 넘어왔다.

　"수련은 늘 자신과의 싸움이야. 자신을 넘어설 수 있는
자만이 그 끝을 보게 되지."

　송 관장은 자신 앞에 놓인 잔을 들며 말했다.

　"저는 아직은 그 끝이라는 것이 어떤 건지 잘 모르겠습니
다."

　"처음에는 다들 육체적인 강함만을 추구하게 되지. 하지
만 눈으로만 보여지는 유형의 강함은 어느 순간 한계에 부
닥치고 말지. 수련자의 대부분이 여기서 포기하게 돼."

　"전 아직 육체적인 강함도 이루지 못한 것 같습니다."

　"수련은 기업을 운영하는 것과는 달라. 네가 말한 것처럼
가진 능력과 함께 운과 인연이 닿아서 빠른 시간 안에 큰

기업을 일으킬 수 있었다고 했지만, 수련은 운과 인연으로는 만들어지지 않는다. 항상 이야기했듯이 꾸준함이 강함을 만드는 원천이지. 자기의 재능만을 믿고 수련을 게을리한 인물들은 다들 진정한 강함에 다가가지 못했다."

"후! 강해지는 길은 결코 쉬운 길은 아닌 것 같습니다."

"하하하! 쉬운 일이었다면 수련자 모두가 세상에서 말하는 초인이 되었을 거야. 나를 넘어서는 길은 절대 쉬운 길이 없다. 또한 지름길도 없지."

"정말 지름길은 없을까요? 선인들이 남긴 책들을 보면 자신이 평생 이룩한 정수를 남기지 않습니까?"

좀 더 빠른 길이 있기를 바라며 송 관장에게 질문을 던졌다.

"음, 그리고 보니 태수 너에게 보여줄 책이 있다. 잠시만 기다리고 있어라."

송 관장은 잠시 집으로 들어가더니 나무로 된 상자 하나를 가지고 나왔다.

상자를 안에는 비단으로 감싼 물체가 있었다. 비단을 풀자 기름종이로 감싼 고서 하나가 모습을 드러냈다.

기름종이를 벗겨내자 고서의 제목이 눈에 들어왔다.

천부(天符)!

"이 고서는 내가 북한의 개마고원에서 수련 중에 우연히 발견한 책이다. 무언가를 해석하는 책인 것 같은데, 정확한 것은 모르겠다. 다만 천파천이라는 책과 연관이 있다는 것 밖에 알 수 없었다."

"천파천이요?"

천파천이라는 이름이 왠지 낯설지가 않았다.

"왜 알고 있는 것이라도 있어?"

"예, 저도 옛 고서를 닉스 물류 창고 부지에서 발견했었습니다. 겉표지가 낡아서 제목이 다 적혀 있지는 않았지만, 파천서라고 맨 앞 글자가 지워진 채였습니다. 앞뒤가 맞지 않는 글들이 두서없이 적혀 있어서 무슨 말을 하는지 알 수가 없던 책이었습니다."

"혹시, 지워진 앞 글자가 만약 '천'이라면 이 책과 연관이 있을 수도 있다는 이야기잖아. 책은 어디에 두었는데?"

송 관장도 나의 말에 관심을 보였다. 그의 말처럼 지워진 글자가 '천'이라면 천부가 가리킨 책이 보관 중인 파천서가 될 수도 있었다.

"소빈뱅크 서울 지점 금고에 넣어두었습니다."

"두 책의 연관성을 한번 살펴봐야 할 것 같은데. 그리고 이걸 발견할 때 꿈을 꾸었는데……."

송 관장은 범상치 않은 꿈 이야기를 해주었다.

그의 꿈에서 들었던 천혼(天魂), 천부(天符), 업화(業火)에 관한 이야기를 말이다.

이번 주 내로 내가 발견한 파천서를 가지고 송 관장의 집을 다시 찾기로 했다.

어쩌면 파천서가 정말 천파천일지도 모른다는 생각이 들었다.

*   *   *

대산에너지를 이끌던 김장우 대표는 사표를 제출했고 곧바로 처리되었다.

그리고 작년 말 이사로 승진했던 이중호는 평사원으로 강등되는 수모를 겪었다.

이중호는 지금까지 해오던 업무에서 모두 손을 떼고 대기 발령 조치를 당했다.

대산에너지에 대한 감사가 진행될수록 양파 껍질이 벗겨지듯이 알려지지 않은 문제점들이 하나둘 드러났다.

"음, 너무 빨랐나 싶어."

이대수 회장은 이중호에 대한 기대감이 무너지자 아쉬움을 크게 드러냈다.

"너무 잘하려고 했던 것이 문제가 된 것 같습니다. 차라리 이번 기회에 머리도 식힐 겸 유학을 보내시는 것이 어떻겠습니까?"

대산그룹의 부회장인 김덕현 부회장의 말이었다.

김덕현 부회장은 대산에너지의 문제를 크게 부각시키지 않았다.

자칫 대산에너지의 문제로 인해서 대산그룹의 대외적인 신뢰도 실추될 수도 있기 때문이었다.

대산그룹의 안정적인 그룹 운영 방식의 이미지가 훼손되면 자금 흐름에도 문제가 발생할 수 있었다.

중국 투자와 대산에너지에 대한 투자로 인해 현재 대산그룹의 현금 흐름이 예전보다 원활하지가 않았다.

"유학이라……."

"좋은 쪽으로 생각하십시오, 형님. 지금 이대로는 중호가 회사에서 일하는 것도 힘들 것입니다. 아직은 중호의 나이도 젊으니까요."

이대수 회장을 도와 함께 대산그룹을 일으킨 김덕현 부회장은 사석에서는 형님이라는 호칭을 썼다.

그는 이참에 자기 아들인 김상중 부장의 위치를 확고히 하고 싶어 했다.

대산유통 기획팀에서 일하는 김상중 부장은 중국 투자와 관련된 업무를 맡고 있었다.

대산에너지의 문제로 인해 대산그룹은 중국에 집중할 수

밖에 없었다.

중국 진출의 성공은 김상중 부장의 위치를 확고하게 할 수 있는 여건이 되었다.

"그래, 너무 이른 감이 있었어."

이대수 회장은 김덕현의 말이 틀린 이야기가 아니라고 생각했다.

"이번 경험이 중호에게는 큰 밑거름이 될 것입니다. 2~3년 공부를 하고 오면 중호가 미처 보지 못했던 것들도 눈에 들어올 것입니다."

"대산에너지를 수습하는 대로 유학처를 알아봐야겠어."

"잘 생각하셨습니다. 중호가 공부를 마치고 오면 더 큰 일을 맡기면 됩니다."

이대수 회장의 말에 김덕현의 눈빛이 순간 반짝거렸다. 이번 대산에너지 문제로 인해서 이대수 회장의 입지도 조금은 좁아진 상황이었다.

그가 중용한 대산에너지 대표였던 김장우와 이중호가 그룹에 끼친 손해가 적지 않았기 때문이다.

대산식품의 납품과 연관된 뇌물 문제로 그룹 내 위상이 위축되었던 김덕현 부회장에게 다시금 기회가 찾아온 것이다.

풍성한 흰 눈썹에 치렁치렁 긴 흰 백발과 주름이 전혀 보이지 않는 이마, 거기에 흰 도포까지 차려입은 천산의 모습은 영화나 책 속에서 접한 도인의 모습과 다를 바가 없었다.

또한 그의 눈에서는 일반 사람에게서 찾아볼 수 없는 안광마저 엿보였다.

"하하하! 이렇게 찾아주셔서 고맙습니다."

큰 소리로 웃는 천산의 목소리는 일반적인 노인과 달리 힘이 실려 있었다.

나이를 가늠하기 힘든 그의 모습과 목소리는 사람을 압도하기 충분했다.

"아닙니다. 내외로 나오셨다는 말을 듣고는 바로 달려왔습니다."

"저도 꼭 뵙고 싶었습니다."

천산이 반긴 인물은 다름 아닌 대산그룹의 이대수 회장과 한라그룹의 정태술 회장이었다.

두 사람 다 천산을 그룹 고문으로 올렸고 그가 이끄는 단체를 후원했다.

"허허! 두 분 다 왠지 기색이 좋지 않으십니다. 안 좋은 일이라도 있으셨습니까?"

천산은 이대수와 정태술의 얼굴이 이전과 같지 않다는 것을 단번에 파악했다.

"예, 굳이 선생님 앞에서 아니라고 할 수도 없겠습니다. 제 자식 놈 때문에 고심이 많습니다."

"정 회장님도 그렇습니까?"

"저야 늘 아들놈이 문제입니다. 후! 저는 작년부터 사업이 잘 풀리지 않습니다."

한숨을 내쉬며 말하는 정태술의 표정은 밝지 않았다. 그도 그럴 것이 시간이 지날수록 한라건설은 좋아질 기미를 보이지 않았다.

다른 계열사들도 정체되는 모습을 보였다.

"음, 두 분 다 운세와 기세가 꺾일 때가 아닌데도 힘이 드신다고 하면 뭔가 이유가 있을 것 같습니다. 혹시 제가 멀리하라고 했던 인물을 가까이하시지는 않으셨습니까?"

천산은 이대수와 정태술 회장에게 가까이해야 할 인물과 멀리해야 할 인물에 관해서 이야기를 해주었다.

그 때문에 두 사람을 보좌하는 비서실과 사장급 인사들은 이대수, 정태술과 척이 될 수 있는 인물들을 배제했다.

회사의 인물들이 능력이 있다고 해도 태어난 날과 시, 그리고 어느 지역에서 태어나는지를 살펴 중용하거나 배척했다.

어찌 보면 미신처럼 여겨지는 일이었지만 하늘의 천문을 살피는 천산의 말을 들어서 지금껏 나쁜 적이 없었다.

더구나 천산이 예측했던 인물들 모두가 청와대의 주인으로 입성했다.

그 하나만으로도 정치권과 재계에서 천산을 우러러보는 사람들이 많았다.

"그런 적은 없었습니다."

"저도 어르신의 말씀을 늘 따랐습니다."

"음, 그렇다면 두 분의 기세를 꺾는 인물이 나타났다는 것인데. 혹시 두 분께서 요새 만난 인물 중에서 특별하게 눈에 띄는 사람이 있었습니까?"

"특별한 사람이라……."

천산의 말에 이대수 회장은 눈을 감았다. 곧바로 떠오르는 사람이 없었다.

"저는 돌아보면 닉스와 연관된 이후부터 좋지 않은 일만 연속적으로 일어난 것 같습니다. 그리고 보니 그때 닉스의 대표가 강태수였지요. 지금은 닉스홀딩스의 회장이지만."

정태술 회장은 나이키의 한국 판매권을 가졌을 당시 한라상사를 통해서 닉스의 디자인 직원들을 빼내는 일을 진행했다.

그 일이 있었던 후부터 한라그룹 내 계열사들은 물론이

고 아들인 정문호까지 좋지 않은 일이 연달아 발생했다.

"강태수라… 그리고 보니 저 또한 만나본 인물 중에 특별한 인물이 강태수 회장인 것 같습니다. 일전에 천산 어르신께서 특이하다고 했던 친구 말입니다."

두 사람의 입에서 공통으로 나온 인물이 강태수였다.

"생각납니다. 평범하게 그지없는 인물의 사주였지만, 이상하리만치 뿜어 나오는 기세가 절대 평범하지 않았습니다. 만약 두 분 다 그 친구의 기세와 연관이 되어 있다면 앞으로도 좋을 것이 없을 것입니다."

"그게 무슨 말씀이십니까?"

정태술은 천산의 말을 자세히 알고 싶었다.

"정확한 것은 맑은 하늘이 열릴 때 다시 살펴야 하지만 두 분은 알게 모르게 강태수라는 인물과 인연의 실타래가 엮여 있는 것 같습니다."

천산은 잠시 눈을 감은 채 손가락으로 무언가를 세는 듯한 동작을 보인 후 말을 이었다.

"음, 그 실타래의 매듭이 좋은 쪽으로 연결되지 않은 느낌입니다."

"그 친구와는 특별히 좋지 않은 것이 없었습니다. 제 딸도 소개해 줄 정도로 능력이 출중한 기업인입니다."

이대수 회장은 강태수를 높이 평가했고 좋은 감정을 가

지고 있었다.

"하하하! 따님과 연결이 잘 되었습니까?"

천산은 이대수의 말에 호탕하게 웃으며 되물었다.

"아닙니다. 따로 사귀는 친구가 있는 것 같습니다. 아쉽지만 제 딸과는 인연이 닿지 못했습니다."

"인연이란 참으로 묘한 것입니다. 사람은 이 세상을 살아가면서 늘 인연에 맞닥뜨리게 됩니다. 그 인연이 나를 돕는 인연일 수도 있고, 아니면 내가 가지고 있는 기세와 어우러지지 못해 오히려 앞길을 방해하는 악연이 되기도 하지요. 때론 내가 아닌 가족들을 통해서 인연의 흐름이 나타날 수도 있습니다. 두 분의 기세와 주변의 형세는 아직은 승승장구해야 할 때입니다. 때가 흔들린다는 것은 유무형으로 두 분의 운과 기세가 흐트러졌다는 의미이기도 합니다."

"그럼 어떻게 해야 합니까?"

정태술이 다급한 표정으로 물었다.

"강태수라는 친구와는 직간접적으로도 맞닥뜨리지 마십시오."

"강태수 회장의 회사가 작지 않기 때문에 사업을 하다 보면 만나지 않을 수도 없는 노릇입니다."

이대수 회장은 천산의 말에 난감한 표정을 지었다. 강태수가 운영하는 닉스홀딩스는 이젠 작은 회사가 아니었다.

어엿한 중견 그룹이 된 닉스홀딩스였기 때문에 한국에서 사업을 하는 이상 강태수를 만나지 않을 수가 없었다.

"강태수가 나를 돕는 진정한 내 사람이 아니라면 피하는 것이 상책입니다. 아니면 그의 기세를 누를 수 있는 사람을 곁에 두는 것도 한 방법이지요."

"저희 두 사람의 기세를 누를 정도라면 강태수 기세를 누를 사람을 찾기가 쉽지 않겠습니다."

"정 회장의 말씀처럼 쉬운 방법이 아닙니다. 만약 강태수가 하늘이 낸 초인(超人)이라면 사람을 통해서는 기세를 절대 누를 수 없습니다."

"그럼 어떻게 해야 합니까?"

답답한 표정으로 정태술이 물었다.

"하하하! 제 입으로 말하기는 그렇지만 세상과의 연을 끊어지게 하는 것이 최선의 방법이지요. 이 땅에도 많은 초인들이 나타났다가 사라졌지요. 그들이 뜻한 바를 이루었을 때 이 땅에는 새로운 왕조가 세워졌습니다. 한편으로 초인들은 세계 곳곳에 등장해 역사를 바꾸거나 새로운 세상을 열었지요. 하지만 신을 대리하는 자로서의 가치가 손상되었을 때는 세상에는 암흑이 펼쳐졌었습니다."

정태술 회장의 물음에 천산은 일반인이 쉽게 들을 수 없는 이야기를 꺼냈다.

"강태수를 초인으로 보시는 것입니까?"

이대수 회장은 일전에 천산에게서 초인에 관한 이야기를 들었었다.

하늘이 부여한 능력과 지능으로 세상을 주관하는 신의 내리인 역할을 한다는 말을 말이다.

"하하하! 그건 여기서 단정 지을 수가 없습니다. 그 친구를 자세히 살펴보아야만 알 수 있습니다. 제가 한번 강태수에 대해서 알아보겠습니다. 단순한 범인(凡人)을 벗어난 것이 아니라 진정한 초인이라면 저도 관심을 두어야 하니까요."

천산은 길게 뻗은 턱수염을 부여잡으며 말했다. 정말 강태수가 초인이라면 그냥 두어서는 안 될 일이다.

흑천의 역사에서 초인의 등장은 늘 흑천인에게 먹구름을 가져왔었다.

* * *

술병을 집어 든 이중호는 아버지인 이대수 회장의 결정을 곱씹고 있었다.

"좀 더 멀리 내다볼 줄 알고 행동해. 한국을 떠나지 않으면 너

에게 돌아갈 회사는 없어!'

유학을 떠나지 않으면 단 한 개의 회사도 물려주지 않겠다는 아버지의 말에 더는 항변할 수가 없었다.

"너무 서둘렀다고… 아니야, 절대로 서둘지 않았어……."

'고티광구는 분명 원유가 나올 수 있는 곳이야.'

답답했다.

밀어붙이는 것이 없지는 않았지만 고티광구에는 원유가 묻혀 있다는 확신이 있었다.

자신만 그런 신념을 지닌 것이 아니었다. 함께한 직원들과 현장에서 탐사를 진행하는 현장 직원들도 그러한 느낌이 들었었다.

하지만 지금 모든 것이 원점으로 돌아왔다.

이대수 회장의 지시로 대산에너지가 룩오일에게서 매입한 고티광구를 되팔려는 협상이 진행 중이었다.

아주 형편없는 헐값에 말이다.

"후! 여기까지가 내 한계인 건가?"

드르륵! 드르륵!

삐삐가 울렸다.

삐삐에 찍힌 번호는 정문호였다.

대산에너지에 몰입하기 위해 한동안 친구들을 만나지 않았었다.

그냥 무시하려다가 수화기를 들었다.

―여보세요?

"무슨 일이냐?"

이중호는 약간은 신경질적으로 반응했다.

―간만에 얼굴이나 보자. 우리 꼰대에게서 아주 재미있는 이야기를 들었다.

"그럴 기분이 아니다."

―닉스홀딩스의 강태수에 관한 말이야. 관심 있으면 강남으로 넘어와. 종우도 오기로 했으니까.

한종우는 대용그룹 한문종 회장의 아들이었다.

"무슨 이야기인데?"

―넘어오면 말해줄게. 판도라로 와.

정문호는 말을 마친 후 그대로 전화를 끊었다.

딸각!

"강태수……."

이중호는 술잔을 내려놓고는 옆에 놓인 옷을 집어 들었다.

정문호와 한때 자주 찾았던 술집인 판도라는 청담동에

위치한 술집이었다.

이중호가 들어서자 종업원은 인사를 하며 정문호가 있는 룸으로 안내했다.

"어서 와. 생각보다 빨리 왔네."

정문호는 먼저 와 있는 한종우와 술을 마시고 있었다.

"오랜만이다. 잘 지내고 있었냐?"

"나야 늘 그렇지. 요새 너무 바쁜 것 아냐? 만나자고 해도 연락도 안 되고 말이야."

정문호는 이중호에게 서운함을 드러냈다. 그도 그럴 것이 서너 번 이중호에게 연락을 취했지만, 답변이 전혀 없었다.

"미안하다, 그럴 일이 좀 있었다. 그건 그렇고 강태수에 대한 이야기는 뭐냐?"

"자식 급하긴. 오래간만에 봤는데 술 한 잔 마시면서 천천히 이야기하자고."

"그래, 인마. 나도 눈에 안 들어오느냐? 자, 한 잔 받아라."

한종우는 테이블에 있는 양주를 들고는 이중호에게 권했다.

"어, 미안. 요새 내가 말이 아니다. 미처 말을 못 했는데 나 유학 간다."

이중호는 술잔에 담긴 술을 그대로 입으로 가져가며 말했다.

"웬 유학이야? 갑자기."

"그렇게 대산에너지를 잘 이끌고 계시는 이 이사님이 유학이라니?"

두 사람은 이중호의 말에 두 눈이 커지며 놀란 표정들이었다.

"원유가 나오지 않았다. 아니, 경제성이 없는 유전 때문이지."

"무슨 소리냐? 신문에 대문짝만 하게 우리나라가 10년 이상은 쓸 수 있는 유전 발견이라고 나왔잖아."

"후후! 그때는 그랬지. 하여간 그렇게 됐다. 한 잔 더 줘봐라."

이중호는 빈 술잔을 내밀었다. 굳이 말하고 싶은 이야기도 아니었다.

자신의 실패를 공공연히 친구들 앞에서 떠들고 싶은 마음도 없었다.

"무슨 일이 있었는지는 모르지만, 너무 갑작스러워서 뭐라고 해야 할지 모르겠다."

다시금 술을 따르던 한종우는 조심스럽게 말했다. 이중호는 뛰어난 능력으로, 대산그룹 후계자의 모습을 대내외적으로 당당하게 보여주고 있었다.

친구들 사이에서도 역시 이중호라는 말이 나올 정도로 말이다.

"원숭이도 나무에서 떨어질 때가 있는 거겠지. 하여간 강태수의 이야기를 좀 해봐라."

'새끼! 잘난 체하더니. 내가 하고 싶은 말을 지가 하네.'

"어, 그래. 우리 꼰대가 천산 어른을 만나고 왔나 봐. 한데 거기서 강태수의 이야기가 나왔는데, 그놈이 평범한 놈이······."

정문호는 아버지인 정태술에게 들었던 이야기를 전달했다.

"한라그룹의 문제가 강태수 때문이라고? 놈이 잘난 것은 알겠지만 10대 그룹에 들어가는 한라그룹을 좌지우지할 수 있다는 말은 신빙성이 안 가는데. 아무리 천산 어른의 말이라도 말이야."

이중호는 이해가 되지 않았다. 닉스홀딩스는 한라그룹과 연관되거나 협력 관계에 있는 사업이 없었다.

경쟁 관계에 있는 사업들도 따져보면 신발과 건설 업종뿐이었다.

더구나 두 업종도 한라그룹에 큰 영향을 주거나 타격을 주는 업종도 아니었다.

"그건 나도 잘 모르겠다. 하여간 우리 꼰대가 사업에 지장을 준다는 말 때문인지 강태수에 대한 감정이 좋지 않더라고. 아, 그리고 너도 강태수와 맞서지 말라는 말을 했다고 하던데. 뭐라나, 강태수가 지닌 기세가 보통이 아니라서 거기에 휘밀릴 수 있다나."

"강태수에게 맞서지 말라니? 그건 또 무슨 말이야?"

이중호가 그 말에 눈이 커지며 물었다.

"이 회장님도 함께 천산 어른을 만나셨다고 하니까. 자세한 것은 아버지께 물어봐. 나도 대충 들은 거라서 솔직히 뭔 말인지 모르겠다."

정문호는 자신이 알고 있는 이야기를 모두 들려주었다.

"강태수가 누구길래 천산 어른의 입에서 나온 거야?"

이야기를 듣고 있던 한종우가 물었다. 그 또한 천산을 알고 있었다.

"닉스라고 들어봤지?"

"닉스야 알지."

"그럼 블루오션은?"

"내가 차고 있는 삐삐가 블루오션 거잖아."

"그 회사를 운영하는 인물이 강태수라는 친구야. 중호의 학교 후배이기도 하고."

"아! 그 강태수."

정문호의 말에 한종우가 그제야 알겠다는 표정이었다.

"우리와 태생이 다른 놈이 초인일지 모른다고……."

이중호는 초인에 대해 알고 있었다. 언젠가 아버지인 이대수가 초인에 관한 이야기를 해준 적이 있었다.

초인은 타고난 지능과 능력이 일반인보다 월등하고, 시대의 변혁을 이끌 수 있는 위대한 지도자로 올라설 수 있다고 말이다.

"초인이라는 말을 난 믿지 않아. 아무리 천산 어른이 앞날을 내다볼 정도로 뛰어난 분이라고는 하지만 말도 안 되는 미신 같은 이야기는 걸러서 들으라고. 시대가 어떤 시대인데 초인 이야기야."

정문호는 이중호의 말에 별일 아니라고 말했다.

자신의 아버지를 비롯하여 재계의 여러 총수들이 천산을 떠받들 듯이 신뢰하고 있지만, 정문호는 뛰어난 점쟁이로밖에는 보이지 않았다.

"문호 말이 맞아. 초인이 다 뭐냐? 차라리 초능력자라는 게 현실성이 있겠다. 어르신들이 아직도 구시대적인 생각에서 벗어나지 못하신 거야. 우리가 회사를 맡으면 반드시 바뀌어야 할 유물이라고."

한종우도 정문호의 말에 동조했다.

"나도 그렇게 생각은 하고 있지만, 강태수 그놈은 뭔가 달라도 다른 놈이야. 사업을 시작한 지 5년 만에 중견 그룹으로 회사를 성장시킨 놈이라고."

이중호는 대산그룹 비서실에서 강태수에 대한 조사 보고서를 찾아 읽었었다.

강태수가 이끈 회사들이 성장하는 과정에선 분명 운도 따랐다.

또한 합작과 인수 합병을 통한 성장도 있었지만, 그걸로는 지금의 닉스홀딩스를 이야기할 수 없었다.

"설마, 닉스홀딩스가 강태수 것이라는 말이야?"

한종우가 이중호에게 물었다. 한종우도 정문호처럼 아직은 회사 일을 맡고 있지 않아, 다른 기업에 대한 일에 대해서는 잘 알지 못했다.

그는 올해 말부터 대용그룹 본사에 대리로 입사해 일할 예정이었다.

"그래, 맞아. 닉스홀딩스는 무서운 기세로 성장하고 있지."

닉스홀딩스는 일반인에게는 잘 알려지지 않았지만, 기업인들 사이에서는 화제가 되고 있었다.

"그럼 천산 어른의 말이 아주 틀린 말이 아닌 것 같네."

"그렇게. 5년 만에 중견 그룹으로 성장시켰다는 것은 보통 능력이 아니잖아."

정문호의 말에 한종우가 동조하듯 말했다. 하지만 두 사람 다 큰 관심을 두는 모습은 아니었다.

자신들과 크게 연관된 일이 아니었기 때문이기도 했다.

"아무리 생각해 봐도 상식적으로 이해가 되지 않는 일들이 여러 있었어. 지금 생각해 보니 천산 어른의 말이 맞다는 생각이 들어."

두 사람과 달리 이중호는 심각했다. 자신과 비교되었던 강태수를 넘어서기 위해서 알게 모르게 무던히도 노력했다.

어쩌면 강태수를 넘어서는 모습을 보여주기 위해서 무리하게 대산에너지를 이끈 것도 있었다.

"하하하! 너무 심각하게 받아들이지 마라. 21세기가 바로 코앞이다. 강태수가 뛰어난 것은 사실이지만 은행 대출을 통해서 회사를 성장시킨 것일 수도 있잖아."

한종우가 웃으면서 심각한 표정의 이중호를 보며 말했다.

사실 부동산 담보를 통한 대출과 법인 설립을 통한 주식 담보를 이용하여 수백억에서 많게는 수천억까지 금융권에서 빌릴 수 있는 환경이었다.

은행에서 빌린 돈으로 다시 부동산이나 회사를 인수하고 다시금 담보를 잡히는 방법을 몇 단계 걸치면서 수천억까지 빌린 그룹이 한라그룹이었다.

현재 금융 개방의 빗장이 풀리자 낮은 금리의 외국 자금들이 국내로 들어오고 있었다.

"음, 빚으로 회사를 성장시켰다."

한종우의 말에 이중호는 술을 마시며 생각에 잠긴 표정이었다.

"그래, 강태수 회사의 회계장부를 정확히 보지 않는 이상 모르는 일이잖아. 그래도 대단한 건 인정해야 하지만 말이야."

"야, 여기까지 와서 걱정스러운 얼굴 보이지 말고, 오늘은 오래간만에 모였으니까 끝까지 한번 놀아보자."

"그래. 걱정해도 바뀌는 게 없는 것 같다."

두 사람의 말에 이중호도 잠시 생각을 멈추기로 했다. 이중호의 말이 떨어지기 무섭게 정문호는 룸에 아가씨들을 불러들였다.

Chapter 4

흑천을 이끄는 대종사 천산은 한 장의 사진을 뚫어지게
보고 있었다.

그 사진에는 닉스홀딩스를 이끄는 강태수의 얼굴이 들어
있었다.

"음, 어째서 우리 눈에 이 친구가 들어오지 않았지?"

천산의 앞에는 홍무영 장로가 자리하고 있었다.

"저희가 아무리 뛰어나도 대한민국에 살아가는 사람들을
모두 파악할 수는 없습니다. 더구나 안기부가 예전처럼 저
희에게 협조를 해주지 않고 있습니다."

문민정부가 들어서면서 많은 것들이 바뀌었다. 흑천과 끈이 닿았던 인물들이 공직에서 상당수 물러난 상태였다.

"이 친구를 그냥 지나친 것이 아쉬워."

이대수 회장과 함께한 자리에서 강태수를 보았을 때 뭔가 다르다는 것을 알았지만, 다른 문제들로 인해 관심을 두지 않고 넘어갔었다.

"지금이라도 관심을 두고 접근한다면 저희와 함께할 수 있는 인물이 될 수도 있습니다."

"이런 친구가 우리와 함께해야만 이 땅에 제대로 된 세상이 빨리 열릴 수가 있지. 우수한 능력과 재능을 가진 선택된 인물들이 새로운 세상을 차지할 자격이 있는 거야."

"예, 그 도래를 하루라도 빨리 이룩하겠습니다." .

천산의 말에 홍무영 장로는 고개를 숙이며 말했다.

"만약, 이 친구가 천혼(天魂)이라면 세상과 바로 단절시켜야 한다."

천산이 천혼이라는 단어를 입에 올릴 때 그의 몸에서는 순간 몸서리칠 정도의 차디찬 기운이 흘러나왔다.

"천혼을 깨울 천부(天符)가 사라져 버린 지도 4백 년이 흘렀지 않습니까? 이미 천부가 세상에서 소멸했는지도 모릅니다."

"우리가 왜 아직도 세상에 드러날 수 없는지 아는가?"

천산은 홍무영 장로의 말에 갑작스러운 질문을 던졌다.

"아직은 저희 힘이 모자라기 때문이 아닙니까."

"힘이 모자라서가 아니야. 하늘이 우리에게 때를 주지 않았기 때문이다. 힘이 넘쳐도 때가 받쳐주지 못하면 세상은 우릴 외면하게 된다. 업화(業火)의 때가 오면 세상과 사람들은 우리가 힘이 없다고 해도 우릴 자연스럽게 받아들게 된다. 조만간 이 땅에는 업화의 때가 닥칠 것이다. 그걸 막아서는 초인의 등장을 우리가 항상 경계하지 않는다면 세상을 우리의 뜻대로 조정할 수 없다. 이걸 항상 명심해야만 흑천의 세상이 열릴 수가 있는 것이다."

말을 마친 천산은 사진을 다시 한번 뚫어지게 바라보았다.

"예, 명심하겠습니다. 흑천세!"

홍무영 장로는 천산의 말에 고개를 깊숙이 숙이며 대답했다. 그리고 홍무영 장로가 자신의 숙소로 돌아온 후 얼마 뒤, 척살단의 인물 셋이 본산을 벗어나 서울로 향했다.

* * *

닉스홀딩스가 새롭게 짓고 있는 본사 건물은 하루가 다르게 변모하고 있었다.

공사장 내 발생하는 하도급 비리들도 있었지만 이젠 그 모든 것을 뒤로한 채 당당한 위풍을 보이며 위로 올라가고 있었다.

내년 6월이면 새로운 건물에서 일할 수 있을 것이다.

"문제가 되는 것은 없습니까?"

"예, 없습니다. 예정대로 모든 공사가 순조롭게 진행되고 있습니다."

새로운 현장 소장으로 오게 된 문성준 소장이 자신 있게 대답했다.

"공사가 일정대로 진행되는 것도 중요하지만, 안전이 최우선입니다. 근로자들의 안전에 특히 신경을 쓰십시오."

"예, 공사가 끝날 때까지 한 사람의 부상자도 나오지 않게끔 하겠습니다."

"꼭 그렇게 해주십시오. 제가 가끔 지나가다가 들려도 너무 부담 갖지 마십시오."

닉스홀딩스의 회장인 내가 아무 말 없이 공사장을 방문하면 다들 무척 긴장했다.

"하하! 알겠습니다. 언제든지 방문하셔도 됩니다."

"그럼 저는 가보겠습니다. 다들 수고들 하십시오."

"예, 들어가십시오."

공사 현장을 떠나 현재 본사로 사용하는 건물로 향했다.

점심을 먹고 잠깐 공사장을 방문한 것이다. 현재 사용 중인 닉스홀딩스 본사에서 건설 현장까지는 걸어서 15분 정도였다.

"말을 저렇게 해도 회장이 불쑥 나타나면 다들 긴장하지요."

함께한 김만철의 말이었다.

"그런가요?"

"김 부장님 말씀처럼 저도 긴장했을 것입니다."

나를 경호하는 인물 중 하나인 박건우 대리의 말이었다. 한국에서도 서너 명이 항상 나를 경호했다. 아무리 한국이라고는 하지만 이 땅에는 흑천이 있었다.

또한 나를 목표로 하는 미지의 세력이 언제 어디서 위협을 가해올지 몰랐다.

그나마 한국은 경호를 요란하게 하지 않아도 되었다.

강태수와 일행이 걸어가는 반대편 도로에 봉고차 한 대가 멈춰 서 있었다.

봉고차에는 세 명이 인물이 반대편에서 걸어가는 강태수 일행을 지켜보고 있었다.

"경호원 서너 명과 항상 붙어 다니는데."

"쉽게 접근하기는 힘들겠군."

"홍 장로께서 지켜보라고만 했으니까. 지금은 별문제 될 것이 없잖아."

대화를 하는 세 명의 인물 중 하나는 여자였다. 세 명 중 두 명은 이십 대 중후반으로 보였지만 여자는 십 대처럼 앳돼 보였다.

아직 피어나지 않은 꽃봉오리처럼 화사한 모습이었다.

"화린, 언제 명령이 바뀔지 몰라. 넌 이번 일이 처음이라 잘 모르겠지만 말이다."

여자의 이름은 화린이었다.

척살단의 기대주이자 차기 척살단 단주 후보군에 들어 있는 인물이기도 했다.

"나도 알 건 알아. 아군이면 보호하고 적이면 죽이면 되잖아."

"후후! 그렇게 단순하지가 않아. 그룹을 이끄는 인물을 죽인다는 것은 결코 쉬운 일이 아니야. 자칫 경찰과 검찰을 비롯한 정보기관이 움직일 수가 있어. 우연을 가장한 사고사가 아닌 이상에는 말이야."

선글라스를 쓴 채 운전대를 잡고 있는 인물의 말이었다.

"태백의 말이 맞아. 지도층에 들어가는 인사에 대해서는 더욱 조심하고 조심해야 해."

짧은 머리에 야구 모자를 눌러쓴 인물이 태백을 옹호하

는 말을 했다. 그의 이름은 외솔이었다.

외솔은 한 그루의 소나무처럼 고고함과 푸름을 가지라는 뜻의 한글 이름이다.

태백과 외솔은 화린과 달리 경험이 풍부했다.

"잘못되면 우리를 위한 대타들이 있잖아. 뭘 그렇게 걱정을 하는지 모르겠어."

화린의 말처럼 일이 잘못되었을 때 척살단의 인물을 대신하여 감옥에 들어가는 인물들이 있었다.

"크크! 화린에게 말을 해서 뭐 하겠어."

"한데, 저 사람을 우린 세 사람이 지켜보라는 것이 이상해. 보통은 한 명에게 일을 맡기잖아?"

"그렇게. 홍 장로께서 말을 아끼시는 걸 보면 보통의 인물이 아닌가 보지."

화린의 말에 태백이 고개를 끄떡이며 말했다. 척살단의 인원이 서너 명이나 동원되는 경우는 백야의 인물을 처리할 때뿐이었다.

"천천히 지켜보자고. 우리와 인연이 닿는 인물이면 우리가 지켜줘야 할지도 모르니까."

"느긋하게 지켜보는 것은 내키지 않아. 빨리 결정을 내려 줬으면 좋겠어."

외솔의 말에 화린은 따분하다는 듯이 말했다. 누굴 지키는 것에는 적성에 맞지 않았다.

그보다는 피를 보는 것이 흥분되고 자신에게 더 맞았다.

화린이 척살단을 지원한 것도 그런 이유 때문이었다.

"후후! 걱정하지 마. 조만간 결정이 내려질 테니. 만약 처분 결정이 내려지면 저 친구는 너한테 맡길 테니까."

"정말! 나야 그럼 좋지."

화린은 태백의 말에 손뼉을 마주치며 좋아했다.

"여자가 너무 살인을 좋아하는 것 아냐?"

"난 사람들이 내 앞에서 절망감과 두려움을 드러낼 때 희열을 느껴."

외솔의 말에 화린은 아무렇지 않게 자신의 감정을 드러냈다.

"정말 소마녀가 아니랄까 봐 그런 말을 하는 거야?"

소마녀는 화린의 별명이었다.

"소마녀가 아니라 피를 뒤집어쓴 대마녀가 돼야지."

귀여운 외모와 달리 화린의 입에서 나오는 말은 끔찍한 말들이었다.

세 사람이 탄 봉고차는 천천히 강태수가 향하는 방향으로 움직였다.

*   *   *

잠시 빈 강의 시간을 이용해 예인이는 교내 벤치에 앉아 새로운 곡에 맞는 가사를 적고 있었다.

심심풀이로 시작한 작곡 공부가 요즘 들어 꽤 흥미를 유발했다.

콧노래로 흥얼거리며 그에 맞는 가사를 떠올렸다.

"6월의 햇살은 따사롭고 비처럼 쏟아져 내린다. 좀 밋밋한가?"

혼자서 중얼거리던 때 몇몇 남학생들이 예인이의 주변을 서성거렸다.

"야, 맞지. 작년 대학가요제."

"맞는 것 같은데. 와, 정말 예쁘네."

"가서 사인 좀 받을까?"

힐끔힐끔 예인이를 쳐다볼 뿐 그녀에게 쉽게 접근하지 못했다.

예인이에게서 뿜어져 나오는 아우라가 남다른 것 때문인지 막상 접근하는 사람들은 많지 않았다.

그때였다.

"송예인! 여기서 뭐 하냐?"

예인이를 아는 체하며 한 남자가 그녀가 있는 벤치로 다가왔다.

"어, 안녕하세요. 선배님."

"잘 지내고 있지?"

예인이에게 인사를 건네는 인물은 법대의 유명 서클인 살케를 이끌던 안영수였다.

안영수는 작년 졸업과 함께 사법 고시에 합격해 사법연수원에 들어가 연수를 받고 있었다.

사법연수생은 사법 시험에 합격한 자로 사법연수원에 들어가면 2년의 연수 과정을 밟는다.

연수 과정 동안 5급 상당의 별정직 공무 대우를 받으며 월급도 그에 따라서 받는다.

"예, 선배님은요?"

"나야 잘 지내고 있지. 여전히 인기가 많아."

"예, 그게 무슨 말이세요?"

"저기 남학생들이 계속 널 보면서 히죽거리더라. 용기를 내서 말을 걸까 말까 하면서 말이야."

안영수가 가리킨 곳에는 세 명의 남자들이 보였다. 남학생들은 안영수의 손짓 때문인지 멋쩍은 표정을 보이며 다른 곳으로 발걸음을 옮기고 있었다.

"한데 어쩐 일이세요?"

예인이는 별일 아니라는 표정이었다. 오늘 같은 일은 늘 벌어지는 일이었기 때문이다.

"한용수 교수님 좀 뵈려고. 그리고 운이 좋으면 예인이도 볼 수 있지 않을까 하고 왔지."

안영수는 예인이를 보며 말했다. 그는 여러 번 예인이에게 연락을 취했었다.

"죄송해요. 제가 그때는 일이 있어서요."

"아니야. 이렇게 보니까 좋은데. 예인이는 볼 때마다 예뻐지는 것 같아."

안영수는 법대생이라면 누구나 들어오고 싶어 하던 살케에 예인이를 아무 조건 없이 받아들였다. 하지만 예인이는 6개월 정도 활동한 후 살케를 탈퇴했다.

안영수와 박성태의 적극적인 구애가 부담스러웠기 때문이었다.

두 사람 다 살케를 이끄는 인물이었다. 박성태도 사법 고시에 합격해 사법연수원에서 연수를 받고 있었다.

"변한 것은 없어요. 선배님이 절 좋게 봐주시는 것 때문이죠."

"하하! 그런가. 하여간 이렇게 보니까 좋은데. 언제 한번 시간을 내줘봐. 맛있는 것 사줄 테니까."

"예, 그럴게요. 성태 선배님도 잘 계시죠?"

"잘 있지. 그래, 다시 한번 보자고."

"예, 안녕히 가세요."

예인이는 안영수에게 인사를 건네고 다시금 벤치에 앉았다.

안영수가 한용수 교수가 있는 건물 쪽으로 올라가자 그를 발견한 후배들이 우르르 몰려들었다.

사법 시험을 수석으로 합격한 안영수의 앞날이 탄탄했기 때문이었다. 현재 사법연수원에서도 박성태와 함께 1~2등을 다투고 있었다.

그런 안영수에게 줄을 대려는 강남의 마담뚜 연락이 끊이질 않았다.

이런 그에게 관심조차 없는 송예인에게 안영수는 더욱 마음이 갈 수밖에 없었다.

*　　　*　　　*

대산그룹 이대수 회장의 연락을 받고 회사를 나섰다.

나에게 소개를 해줄 사람이 있다며 연락을 해온 것이었다.

사업을 하는 데 큰 도움을 줄 수 있는 사람을 만나게 해주겠다는 말과 함께 말이다.

이대수 회장이 이런 적이 없었기 때문에 거절보다는 호기심이 발동했다.

나는 약속 장소인 하얏트 호텔로 향했다.

하얏트 호텔에 도착하자 호텔 뒤편에 있는 조용한 미팅

룸으로 안내되었다.

안내된 장소에서 이대수 회장과 함께한 인물은 60대 중후반으로 보이는 인물이었다.

어디서 본 듯한 인물처럼 낯설지가 않았다.

"하하! 어서 오세요."

이대수 회장은 웃으면서 날 반갑게 맞이했다.

"안녕하셨습니까?"

이대수 회장에게 인사를 건네며 처음 본 인물에게 눈을 돌렸다.

"인사들 하십시오. 이쪽은 닉스홀딩스의 강태수 회장이시고 여기는 미르재단의 황만수 이사장님이십니다."

"안녕하십니까? 강태수라고 합니다."

'황만수, 어디서 많이 들어본 이름인데…….'

"하하하! 말씀 많이 들었습니다. 황만수라고 합니다."

"황만수 회장님은 5선 국회의원을 지내시다, 올해 정계에서 물러나 후학들에게 길을 열어주셨습니다. 미르재단은 여당과 야당의 국원의원은 물론이고 재계에 여러 총수분이 회원으로 있는 재단입니다."

이대수 회장의 말에 황만수의 이름이 또렷이 떠올랐다.

5선의 여당 국회의원이었지만 당내 권력에는 나서지 않고 항상 뒤에서 있는 듯 없는 듯 정민당을 이끈 인물이다.

이대수 회장의 말처럼 그는 야당 국회의원과도 친분이 두터웠고 적을 만들지 않는 인물로 불리었다.

또한 검찰 쪽에서 상대한 영향력을 가진 인물이었다. 미르재단에는 국회의원뿐만 아니라 이름깨나 날리는 변호사와 검사들도 속해 있었다.

하지만 미르재단의 회원은 아무나 될 수 없었다.

황만수는 또한 정민당의 정권 창출에도 상당한 영향을 끼친 인물이자 차기 대권 후보인 한종태 정민당 대표와도 막역한 관계였다.

"몰라뵈서 죄송합니다. 제가 정치 쪽은 서툴러서 그렇습니다."

나는 정식으로 황만수에게 인사를 건넸다. 지금은 국회의원이 아니지만, 여당과 야당에 적잖은 영향력을 행사하고 있었다.

여당과 야당이 조율이 안 되거나 여당과 야당의 대결로 정국 경색이 올 때는 황만수를 찾아 중재를 요청하는 국회의원이 많았다.

"하하하! 아닙니다. 사업하시는 분이 사업에만 신경을 쏟아야지요. 괜히 정치인과 어울려 다니는 것은 여러모로 보기가 좋지 않습니다."

"하하하! 절 보고 하시는 말씀인 것 같습니다."

황만수의 말에 이대수 회장이 웃으면서 말했다.

"하하! 이 회장님이야, 애국을 위해서 그러시는 것이지요. 우리 강 회장님도 나라를 위해 많은 힘을 쏟는다고 들었습니다."

"아닙니다. 여기 계신 이 회장님에게 비하면 많이 부족합니다."

"하하하! 강 회장께서 이제 처세술도 많이 느셨습니다."

"하하하! 그런 것인가요?"

나는 이대수 회장의 말에 장단을 맞춰주었다.

몇 마디 신상과 관련된 이야기를 더 나눈 후에 황만수가 날 보고 싶어 했던 이유를 말했다.

"여기 계신 이대수 회장님도 그렇고 다른 분들도 강 회장님을 아주 높게 평가하고 계시더군요."

"아직 많이 부족할 뿐입니다."

"많이 겸손하셔서 그렇지 능력이 아주 출중하십니다."

이대수 회장은 내 말에 미소를 띠며 말했다.

"제가 볼 때도 강 회장님의 경영 능력이 일반적이지 않은 것 같습니다. 어려운 나라 경제에 수출로 활력을 불어넣고 계시니까요."

'무슨 말을 하려고 그러는 거지?'

"아닙니다. 당연히 국가 경제에 이바지해야지요."

"하하하! 생각이 아주 바르십니다. 그래서 하는 말인데, 제가 맡고 있는 모임이 있습니다. 미르재단이라고 이 나라를 올바르게 이끌어가자는 취지에서 여기 계신 이대수 회장님을 비롯하여 정·재계는 물론이고, 현 정부 내에서 힘을 쓰고 계시는 분들도 함께하는 모임입니다. 이 모임에 강 회장님도 함께해 주면 어떻겠습니까?"

미르재단은 대내외로 알려진 모임이 아니었다.

주요 언론사 사주나 그에 걸맞은 언론인들도 모임에 가입되어 있었지만, 외부에 알려지는 것이 철저히 차단된 모임이었다.

이 때문에 일반인들은 미르재단에 대해 전혀 알 도리가 없었다.

'미르재단이라… 그런 재단이 있었었나?'

처음 들어본 재단이었고, 이런 모임이 있었다는 사실도 전혀 알지 못했다.

지금까지 언론에 단 한 번도 이름이 오른 내린 적이 없었다.

"글쎄요, 저는 기업인일 뿐이라 다른 것은 잘 알지 못합니다. 더구나 해외 출장이 많아 모임에도 참석하기 힘든 상황입니다."

"하하! 염려하지 않으셔도 됩니다. 여기 계신 이대수 회장님도 기업인이시지 않습니까? 이 나라의 미래와 발전을 도모하기 위해 명사들이 가지고 있는 지혜와 지식을 빌려 보자는 취지입니다. 서로를 위해 도울 것은 도우면서 말입니다."

'기업인과 정치인, 거기에 언론인까지… 그리고 관료들 까지 합세하면 무서울 것이 없겠네.'

"황 총장님의 말씀처럼 이 모임은 대한민국의 미래와 발전을 위해 순수하게 만들어진 것입니다. 모임의 역사도 벌써 10년이 다 되어갑니다."

이대수 회장이 황만수 총장의 말을 거들었다.

"그리고 우리 모임은 결원이 생겨야지만 새로운 회원을 받아들입니다. 정확하게 99명만 이 모임에 가입할 수 있습니다. 여기 계신 이 회장님과 김우중 회장님의 추천이 아니었다면 강 회장님을 뵙자고 하지도 않았을 것입니다."

미르재단의 회원이 되기 위해서는 결원이 생겼을 때 2명이상의 회원 추천을 받아 후보부터 결정한다.

후보가 여러 명이면 면접을 통해서 재단 총장이 최종적으로 결정하는 것으로 되어 있었다.

"저를 좋게 생각해 주셔서 정말 감사합니다. 하지만 제가 참여해도 되는지 아직 잘 모르겠습니다."

"하하하! 이것만 말씀드리겠습니다. 미르재단에 속한 분들은 대한민국에 있어 0.001%에 해당하는 분들입니다. 한

마디로 이분들은 이 나라의 근간을 유지하고 역사를 만들어가시는 분들이시지요. 그리고 강 회장님의 든든한 우군이 되어주기도 할 것입니다."

황만수 총장의 말은 마치 이래도 모임에 가입하기를 원하지 않느냐는 말처럼 들렸다.

'어떻게 해야 하지? 너무 갑작스러운 일인데…….'

이러한 제한은 생각지도 못한 일이었다.

"지금 당장 대답하기 어려우면, 이번 달 내로 알려주시면 됩니다. 대신 가입하시지 않으시면 오늘 들었던 이야기는 머릿속에서 지우셔야만 합니다."

황만수의 마지막 말은 조금은 위협적으로 들렸다.

"한 가지 더, 모임에 가입하기 위해서는 최종적인 면접이 필요합니다. 그 면접을 통과해야지만 미르재단에 속할 수 있습니다."

'최종 면접이라고……. 생각보다 절차가 까다로운가 보네.'

"예, 생각을 해보겠습니다."

"그래요. 저는 일이 있어서 먼저 일어나 보겠습니다. 여기 계신 이대수 회장님께서 궁금한 점이 있으면 대답을 해주실 것입니다. 그럼, 좋은 소식을 기다리겠습니다."

황만수는 자리에서 일어나 미팅 룸을 떠났다. 그에게 인사를 건넨 후 이대수 회장은 나에게 미르재단에 대한 이야기를 해주었다.

"갑작스러운 일이라 쉽게 결정하기가 어려울 것입니다. 나도 처음에는 그랬으니까요. 하지만 지금은 좀 더 일찍 미르재단을 알았으면 좋았을 것이라고 늘 생각합니다. 미르재단은 말이 10년이지 시대에 따라 이름만 바뀌었을 뿐, 60년대부터 계속 이어져 온 것입니다. 뿌리가 깊은 만큼 이 나라 구석구석에 대한 영향력이……."

이대수 회장의 입에서 나온 말들은 다시금 나를 놀랍게 했다.

수십 년을 지내오면서 미르재단은 카멜레온처럼 시대에 맞게 탈바꿈을 해오고 있었다.

재단의 핵심 구성원들도 시대에 따라 달라졌지만 미르재단은 변함없이 오늘날까지 이어져 오고 있었다.

"대다수 회원들의 공석은 사망으로 인한 것이 대부분입니다. 물론 재단의 품위를 손상하거나 넘지 말아야 할 선을 넘었을 때는 어쩔 수 없지만 말입니다."

이대수 회장의 말에 이들이 대한민국 권력의 중추가 아닐까 하는 생각이 들었다.

"한 가지 궁금한 것이 있습니다. 황만수 위원장님께서 말씀하신 최종 면접이라는 것이 무엇입니까?"

황만수가 떠나기 전 말한 최종 면접이 머릿속에서 계속

맴돌았다.

"음, 그것은 강태수 회장께서 마음을 정한 후에 말해주어야 하지만, 내 특별히 강 회장님을 믿고서 말씀해 드리지요. 미르재단를 이끄는 것은 하나하나의 회원들이지만, 그 구심점이 되어주고 정신적 지주 역할을 하시는 분이 계십니다. 강 회장님도 한번 보셨던 분입니다."

"제가 말입니까?"

"예, 재작년인가요? 중국 상하이시의 관계자들이 롯데호텔에……."

상하이 투자 설명회 때에 이대수 회장과 함께했던 인물이 있었다.

"아! 생각납니다. 마치 도인처럼 보이셨던 분이라 제 뇌리에 확실하게 박혀 있었습니다."

"하하하! 천산 어르신은 정말 도인의 경지에 오르신 분입니다. 하늘의 천기를 읽는다는 말을 들어봤을 것입니다. 천산 어른은 하늘이 보여주는 큰 징조와 사람의 운명까지 내다볼 줄 아는 분입니다."

'음, 이름이 천산이었구나.'

"정말 그런 능력을 갖추고 계십니까?"

"하하! 믿기 힘든 말일 것입니다. 제가 여기서 무슨 말을 한 듯 소용이 없을 것입니다. 직접 천산 어르신을 만나보시고 스스로 경험해 보는 것이 가장 좋은 방법입니다."

이대수 회장은 자신감 넘치는 말로 천산에 대해 말했다. 미르재단에 속한 인물들 대다수가 그의 영향력 아래에 있다는 생각이 들었다.

대한민국을 좌지우지하는 사람들의 정신적 지주라는 말 때문인지 천산에 대한 궁금증이 더욱 증폭되었다.

'음, 천산을 만나기 위해서는 미르재단에 가입을 해야 한다는 말인데…….'

"알겠습니다. 제가 결심이 서면 이 회장님께 연락을 드리겠습니다."

"그러십시오. 한 가지 더 말씀드리면 이번 기회는 제가 드리는 것이 아닌 천산 어른이 결정한 것입니다."

빙그레 웃으면서 말하는 이대수 회장의 말이 순간 뇌리에 박혔다.

'천산이 결정했다고…….'

집으로 돌아오는 내내 머릿속에서 드는 의구심과 궁금증이 날 놓아주지 않았다.

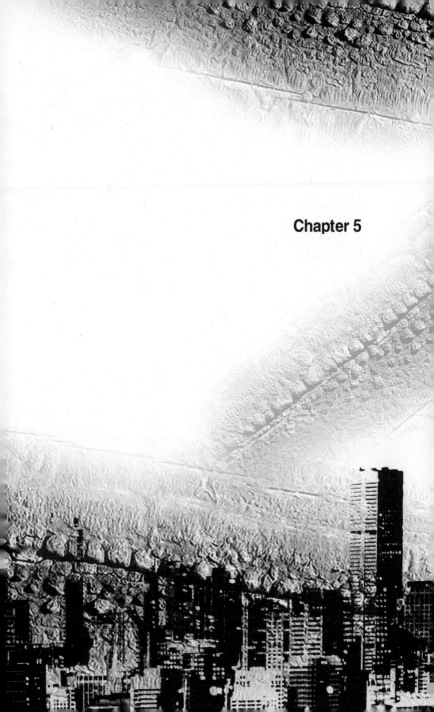

Chapter 5

　국내 정보팀과 안기부의 박영철 차장에게 연락을 취해 미르재단과 천산에 관한 조사를 의뢰했다.

　조사가 이루어지는 동안 미르재단에 들어가는 것이 좋은지에 대한 고민을 했다.

　정·재계는 물론 언론까지 합세한 미르재단은 명실공히 대한민국을 이끄는 숨은 세력이었다.

　하나 된 그들은 보통 사람들이 꿈도 꿀 수 없는 힘을 지닌 세력이었다.

　정부의 정책은 물론 법안을 통과시키는 일에도 그들의

입김이 작용했다. 이들이 하나 된 이유는 자신들의 이익을 지키고, 자신들이 원하는 방향으로 이 나라가 나아가길 원해서다.

"음, 보이지 않은 것이 보이는 것보다 더 큰 힘을 발휘할 때가 있지. 미르재단과 천산……."

천산과 미르재단의 관계가 생각할수록 더 궁금해졌다.

성통공완(性通功完: 진정한 도를 통하여 깨달음이 이루어짐)을 이루어낸 인물로 칭송받는다는 천산은 분명 보통의 인물은 아니었다. 천산은 날 처음 보았을 때 내 운명이 틀어졌다고 말했다.

'그의 말이 틀린 말은 아니지……. 원래의 운명대로 살고 있지 않으니까.'

천산의 말을 어떻게 받아들여야 할지는 모르겠지만, 과거로 돌아와 이전의 삶과는 전혀 다른 인생을 살아가는 것을 이야기했다는 것이 놀라웠다.

"천산을 만나는 것은 미르재단을 가입해야지만 가능한 일이라고 했는데……."

이대수 회장의 말에 의하면 천산은 외부에 모습을 잘 드러내지 않으며 오로지 미르재단에 속한 인물들만 만날 수 있다고 했다.

또한 미르재단에 속한다 해도 천산이 만남을 원하지 않

으면 만날 수 없다는 말도 함께였다.

오로지 그의 선택에 의해서만 만남이 이루어진다는 말이었다.

옥상에 올라 이런저런 생각 속에 잠겨 있을 때 집으로 이어지는 길가에 서 있는 낯선 봉고차가 눈에 들어왔다.

길에 이어져 있는 집들은 대다수가 주차장을 갖춘 집들이었다. 더구나 봉고차를 소유한 집은 내가 알기로는 없었다.

북한산 자락 아래에 자리 잡은 곳이라 고급 주택 위주의 집들이 모여 있었다.

'며칠 전부터 보인 것 같은데……'

봉고차는 저녁때쯤 길가 옆에 주차되어 있다가 아침에는 보이지 않았다.

봉고차가 눈에 들어온 또 하나의 이유는 차가 세워진 길에서 우리 집을 지켜볼 수 있었기 때문이었다.

"혹시, 우리 집을 지켜보는 것은 아니겠지."

내 말이 끝나기가 무섭게 봉고차는 차를 돌려서 이동하고 있었다.

"후후! 내가 잘못 생각했나 보군."

봉고차가 길가에서 벗어나는 것을 본 후 난 내 방으로 향했다. 소빈뱅크 서울 지점에서 가져온 파천서를 가지고 송 관장 집으로 가기로 한 날이었다.

*   *   *

"침입하기는 그리 어렵지 않겠어."

"경호원도 상주하지 않는 것 같은데."

흑천의 척살단에서 파견된 태백과 청솔은 며칠간 강태수가 거주하는 주택을 살폈다.

"생각했던 것보다 집은 허술하게 경비를 하는군."

강태수의 회사에도, 그가 이동할 때에도 경호원이 함께했다. 하지만 거주하는 집에는 경호원으로 보이는 인물이 전혀 보이지 않았다.

"언제까지 기다려야 하는 거야?"

뒷자리에 앉아 있는 화린은 짜증 섞인 목소리로 말했다.

"참는 자가 복이 있다고 성경에도 쓰여 있잖아. 가장 좋은 기회를 잡기 위해서는 기다림이 필요한 거야. 조만간 지시가 내려올 테니, 조금만 더 참아."

"그래, 우리의 친구가 될지 아니면 불쌍한 인생 될지는 곧 결정될 테니까."

태백과 외솔은 화린을 돌아보며 말했다.

홍무영 장로가 자신들을 보냈다는 것은 살리든지 죽이든

지 둘 중 하나라는 뜻이었다.

봉고차가 큰길로 나와 후미진 길가에 멈췄을 때였다.

강태수가 탄 차량이 봉고차 앞쪽을 지나갔다.

"저기 강태수의 차 같은데."

외솔이 지나가는 벤츠를 손으로 가리켰다.

"회사로 다시 가는 건가?"

"따라가 보면 알겠지."

화린의 말에 봉고차는 강태수의 차량을 뒤따랐다.

벤츠가 멈춘 곳도 북한산 자락에 자리 잡은 집이었다. 북유럽풍의 집으로 동화 속에 나올 법한 멋지고 예쁜 집이었다.

"후후! 혼자서 운전을 하고 왔군."

척살단의 인물들은 멀찌감치 떨어진 곳에 봉고차를 세우고 차에서 내리는 강태수를 지켜보았다.

뜻밖에도 강태수는 다른 때와 달리 혼자였다.

"누굴 만나려고 온 것 같은데."

"이야! 지겨워 죽겠네. 나 잠깐 바람 좀 쐬고 올게."

화린은 태백의 말에 기지개를 켜면서 차 문을 열었다.

"화린! 쓸데없는 행동은 하지 마라."

태백은 차에서 내리려 하는 화린을 향해 말했다. 며칠 동안 차 안에서만 줄곧 있었던 화린의 마음을 이해 못 하는 것은 아니었다.

그러나 실력이 두 사람 다 인정할 정도로 뛰어나다고 해도 그녀는 아직 십 대였다.

"바람만 쐬는 거야. 걱정하지 않아도 돼."

쾅!

화린은 문을 거칠게 닫으면서 말했다.

"문제 될 것은 없겠지?"

외솔은 화린이 걸어가는 방향을 보며 물었다. 화린은 강태수가 들어간 집 쪽으로 향하고 있었다.

"설마 명령도 없이 강태수를 죽이기야 하겠어."

"하긴, 그 정도의 사리 분별은 하겠지. 홍 장로께서 너무 오냐오냐 받아주니까 버릇이 없어졌어."

"후후! 저 나이에 이미 8개 관문을 깨버렸는데, 예뻐하지 않을 수가 없잖아. 너나 나나 6개 관문도 돌파하지 못했는데 말이야."

"하기야 제멋대로지만 실력 하나는 최고니까. 귀여운 면도 있고 말이야."

"하하하! 화린이 들으면 아주 좋아하겠는데."

"절대 입 밖에도 꺼내지 마. 자신을 여자로 바라보는 걸 죽도록 싫어하는 애니까."

"그래, 달리 소마녀겠어."

운전대에 두 팔을 기대며 태백이 말했다.

흑천이 만들어낸 괴물 중의 하나인 화린은 천천히 송 관장의 집 앞까지 걸어가고 있었다.

*　　*　　*

송 관장은 아직 집에 들어오지 않았다.

집 근처로 후배가 찾아와 잠시 나간 상태였고, 30분만 기다리라는 소리를 들었다.

집에서는 가인이와 예인이가 저녁을 준비하고 있었다.

"밥은 먹었어?"

"간단하게 먹었어."

가인이가 주방에서 음료수를 가져다주며 말했다.

"남자가 간단하게 먹으면 되겠어? 든든하게 먹어야지. 같이 먹어."

"아니야. 오늘은 별로 생각이 없어서."

"얼굴이 피곤해 보이는데, 무슨 일 있어?"

"생각할 게 많아서."

미르재단의 일로 생각할 것이 많아졌다.

"정말 피곤하게 살아. 앞으로도 쭉 이렇게 살 것 아냐?"

"이렇게만 살겠어? 어느 정도 일하다가 사십 정도에 은퇴해야지."

"내가 볼 때는 전혀 아닐 것 같은데. 일만 너무 생각하고 좋아하다가는 자신도 모르게 일벌레가 되어서 일 중독증에 빠지는 거야. 쉴 때는 좀 쉬어."

"알았어."

"알았다고만 하지 말고."

"그럼 뭐라고 대답해."

"집에 오면 아무 생각도 하지 말고 그냥 모든 것을 내려놔."

"알았습니다. 지금 정말 아무 생각도 안 하고 있습니다."

가인이의 말에 두 눈을 감고 소파에 깊숙이 기대었다.

"밥 생각 있으면 말하고."

"어, 그래."

가인이의 말처럼 생각이 많아진 것은 사실이다. 회사가 커지고 그에 따르는 책임감도 커지자 한두 번 생각하고 넘어갈 것도 그렇지 못했다.

"그래도 생각해 주는 것은 가인이뿐이네."

거실 창으로 마당을 바라볼 때였다. 나무 사이로 사람 그림자가 얼핏 보이는 것 같았다.

다시 보았을 때는 그림자가 사라졌다.

"뭐지?"

길고양이는 아닌 것 같았다.

나는 소파에서 일어나 창 쪽으로 더 다가갔다. 그때 바람이 부는지 그림자가 보였던 나뭇가지들이 바람에 날렸다.

나무 위로 분명 사람의 그림자가 다시 보였다. 나무 위에 올라선 그림자는 나를 바라보고 있었다.

"누군데 나무에 올라간 거야?"

동네 개구쟁이들이 가끔 낮은 담과 붙어 있는 나무에 올라간 적이 있었다.

바람이 세게 부는 지금, 잘못하면 나무에서 떨어져 다칠 수도 있었다.

나는 문을 열고 마당으로 향했다.

그림자가 보였던 나무 쪽으로 가까이 다가갔지만, 집 안에서 보았던 그림자는 보이지 않았다.

"그새 내려갔나 보네."

다시 집으로 향하려고 발걸음을 돌리려는 순간 그림자가 다시 보였다.

"낄낄낄! 술래잡기를 잘 못하네."

그림자의 웃음소리와 함께 목소리가 들려온 곳은 모습을 확인하기 힘든 구석이었다.

짙은 어둠이 그림자를 가리고 있었다.

목소리는 여자였고, 조금은 앳돼 보였다. 목소리 때문에 난 동네의 어린이로 생각했다.

"밤이 늦었는데 집에 가야지. 엄마가 걱정하실 거야."

그림자가 숨은 구석으로 다가가며 말했다.

"깔깔깔! 난 엄마가 없는데."

그림자는 내 말이 재미있다는 듯이 크게 웃었다.

그 웃음소리에 나는 발걸음을 멈췄다.

"넌 누구니?"

어린아이가 아닌 것 같았다. 그림자는 교묘하게 어둠에 모습을 감추고 있었다.

"난 화린이야."

그림자는 서슴없이 자신의 이름을 알려줬다.

"예쁜 이름이네. 화린아, 여긴 너희 집이 아니야."

"알아."

"집으로 돌아가야지. 부모님이 걱정하시겠다."

"낄낄낄! 난 아빠도 없어."

화린은 내 말이 재미있다는 듯이 웃었다. 순간 보통 아이하고는 다르다는 생각이 들었다.

"그럼, 할머니나 할아버지도 없는 거니?"

"그래, 난 가족이 없어."

"한데 여긴 왜 들어온 거니?"

내 마지막 대답에 화린은 말이 없었다.

"거기서 뭐 해?"

가인이가 문을 열고 내 쪽으로 걸어오고 있었다.

"어, 여기 여자애가 있어서."

난 화린이 있던 곳으로 걸어갔나. 한데 화린은 어디에도 없었다.

"뭐지? 어딜 간 거야?"

분명 인기척이 있었던 곳이었다. 주변을 살펴보았지만 나와 이야기를 나누었던 화린의 모습은 온데간데없이 찾을 수가 없었다.

집으로 들어가 가인이와 예인이에게 화린에 대한 이야기를 해주었다.

"후후! 혹시 귀신이라도 본 거야?"

가인이가 내 말에 웃으면서 말했다.

"아니라니까. 분명 화린이라는 친구가 저기에 있었다니까."

"여자애가 소리도 없이 들어왔다가 귀신처럼 사라졌다고?"

예인이도 내 말에 의구심을 품으며 물었다. 두 사람 다 내 말이 신빙성이 없다는 듯이 말했다.

"어린애였는지는 잘 모르겠지만, 목소리로 보아서 성인은 아닌 것이 분명해."

"아무 이유 없이 우리 집에 들어와서 이름만 알려주고 사라졌다. 참 이야기가 그렇다."

"그럼, 내가 없는 이야기를 지어내기라도 했다는 거야?"

"그건 아닌데. 이야기 참 생뚱맞다고."

가인이는 아무리 생각해도 이상한지 내 말을 받아들이지 못하겠다는 표정이었다.

"여자아이가 오빠가 보는 앞에서 인기척도 없이 사라졌다는 것이 놀라워서. 오빠 이야기대로리면 보통 사람이 아니라는 것이잖아."

"그렇긴 하네. 그렇게 담이 높지는 않지만, 기척도 없이 사라진다는 것이."

예인이의 말처럼 분명 어린아이라면 담에 쉽게 올라설 수 없었다. 어른이라고 해도 아무 소리 없이 단숨에 오르기는 힘들었다.

분명 담에 오르는 소리와 함께 담에서 뛰어내리는 소리라도 들렸어야만 했다.

하지만 그런 소리가 일절 들려오지 않았다.

"이히히! 귀신이 나타난 거야. 오빠에게 원한이 있는 귀신이."

가인이는 귀신 소리와 함께 흰자위만 보이게 눈을 까뒤집으며 날 놀리듯이 말했다.

가인이의 말 때문인지 순간 싸한 느낌이 들었다. 화린의 목소리나 말투가 일반적이지 않았기 때문이다.

"아! 무섭게 왜 이래."

"하하! 태수 오빠가 정말 겁먹은 것 같은데."

예인이는 내 모습에 재미있다는 듯이 웃었다.

"귀신에게 겁먹은 게 아니라 가인이가 정말 귀신같아서 놀란 거야."

"뭐? 이렇게 예쁜 귀신은 세상에 없어."

가인이는 커다란 두 눈을 깜빡거리면서 모델처럼 포즈를 취했다.

"정말 가인이는 내가 없으면 세상 사는 재미가 없을 거야. 날 놀려먹지를 못하니까."

"어떻게 알았어? 너무 걱정하지 마. 귀신이 오빠를 잡아가지 않도록 내가 지켜줄 테니까."

가인이는 말을 하고는 내 옆으로 바짝 다가와 앉았다.

"그래, 오빠. 나도 오빠를 지켜줄게. 아무리 귀신이라고 해도 우리 두 사람을 상대할 수는 없을걸."

예인이 또한 미소를 지으며 날 안심시키는 말을 했다.

가인이와 예인이의 말처럼 두 사람을 상대할 수 있는 인물은 세상에 드물었다.

두 사람의 실력은 시간이 갈수록 더 높은 경지로 올라서고 있었다.

송 관장은 집으로 전화해 오늘은 힘들겠다는 말을 전했다. 후배와의 만남이 생각보다 길어진 것이다.

내일모레 다시 보기로 하고는 송 관장의 집을 나섰다.

"뭐? 강태수에게 이름을 알려줬다고?"

태백은 화린의 말에 두 눈이 커졌다.

"이름을 물어보니까 알려주지."

화린은 아무렇지 않은 듯 대답했다.

"강태수에게 우리를 드러내면 안 된다는 걸 잘 알잖아?"

옆에 있던 외솔이 나무라듯 말했다.

"걱정하지 마. 내 모습은 보지 못했으니까."

"지금 그런 말이 나와? 홍 장로님의 지시가 없는 한 우린 강태수와 접촉을 하면 안 돼."

태백은 화가 머리끝까지 치밀었지만, 최대한 억제한 채로 말했다.

"친구가 될 수도 있다고 했잖아. 친구라면 이름 정도는 알고 있어야지."

"친구가 될지 제거 대상이 될지는 아직 모른다고."

외솔이 답답한 표정으로 말했다.

"제거 대상이 되면 친구를 고통스럽게 죽이는 것도 재미 있을 거야. 깔깔깔!"

화린은 외솔의 말에 무척이나 즐거운 표정으로 대답했다. 그 모습이 무척이나 섬뜩했다.

큰 소리로 웃고 있는 화린의 모습에 두 사람은 더는 한 말을 잃은 표정들이었다.

*   *   *

안기부의 박영철 차장과 오랜만에 자리를 함께했다. 미르재단과 천산에 관한 조사를 부탁했기 때문이다.

"하하! 잘 지내시고 계시지요?"

"예, 잘 지내고 있습니다. 박 차장님은요?"

"저도 요즘은 그리 힘든 일은 없습니다."

"좋은 거지요. 제가 부탁한 것은 알아보셨습니까?"

"그게 저희 쪽에 자료가 있었던 같은데, 누군가에 의해서 인위적으로 삭제된 것인지 아니면 소실된 것인지 확인할 수 없었습니다."

"삭제되다니요?"

"저도 처음 겪는 일이라 이걸 어떻게 설명해야 할지 모르겠습니다. 분명 해당 자료가 있었다는 증거는 있는데, 자료를 찾아보니 해당 자료가 소실되었다고 나왔습니다."

"그럴 수도 있습니까?"

"대부분 정보와 자료들은 컴퓨터 저장 장치와 기록물, 두 가지 형태로 보관합니다. 하나의 자료가 잘못되어도 다른 자료를 볼 수 있도록 말입니다. 한데 미르재단과 연관된 컴퓨터 저장 자료는 삭제된 상태였고, 기록물은 빈 파일뿐이었습니다. 어떻게 된 일인지는 제 선에서 확인할 수 없었습니다."

"그럼 박 차장님보다 더 윗선에서 자료를 식제했다는 것입니까?"

"그렇다고 봐야 하는데, 그 흔적을 전혀 찾을 수가 없었습니다. 분명 누군가 미르재단에 대해 조사를 했고, 자료를 남긴 것은 사실이니까요."

"그럼 천산에 대한 자료도 없습니까?"

"예, 조사조차 하지 않았으니까요. 제가 잠시 알아본 바로는 유명 역술가 정도로밖에 보이지 않습니다. 몇몇 기업인과 유대 관계는 있었지만, 눈에 띌 만한 특별한 활동을 하는 사람도 아니었습니다."

'뭔가 있는데…….'

"음, 그럼 지금이라도 조사를 해야 하는 게 아닙니까?"

"그게 또 여의치가 않습니다. 재단의 활동이 특별하게 문제 되는 것도 아니고, 제가 국내 파트가 아니다 보니 조사에 임하기가 힘듭니다. 그리고 자료를 삭제한 정황으로 보아, 저희 쪽에도 미르재단을 옹호하는 인물이 있을 수 있습니다. 그리되면 제가 조사하는 것을 금세 알아챌 수 있습니다. 겉으로 드러난 것은 장학재단과 인재 육성⋯⋯."

박영철 차장의 말이 사실이라면 미르재단의 조사가 쉽지 않을 수 있었다.

현재 재단에 속해 있는 98명의 인물이 누구인지 알 수 없었다. 미르재단에 대해 말해주었던 이대수 회장도 재단 내에 재계 쪽 인물들만 알고 있었다.

정계나 언론계 인물은 누가 속해 있는지 정확하게 알지 못했다.

미르재단에 속한 인물들은 한꺼번에 모인 적이 없었다고 했다. 철저하게 분업화된 것처럼 연관된 인물들만 서로를 알고 있었다.

회원 모두를 알고 있는 인물은 황만수 이사장과 천산뿐이라고 했다. 한마디로 비밀스러운 재단이었다.

"겉으로 드러난 것은 장학재단뿐이라면 그다지 활동적이지도 않다는 말씀이군요."

"예, 한국의 미래를 이끌어가는 인재를 육성한다는 취지에서 주로 고아나 환경이 어려운 친구들에게 장학금을 주고 있었습니다. 재단 모임도 그렇게 활발하지 않은 것 같았습니다."

국내 정보팀도 박영철 차장과 비슷한 보고를 했다.

특별히 눈에 띄는 행동을 하지 않았고, 미르재단이 소유한 재산도 8층짜리 건물이 전부였다.

8층 건물에서 나오는 임대 수익과 기업에서 기부하는 돈으로 재단을 운영하고 있었다.

대외적인 활동은 고아원 방문과 장학생을 선발해 장학금을 전달하는 것이 전부였다.

재단의 직원들도 십여 명에 불과했다.

"몇십 년을 지켜온 재단이라고 하니까요. 제가 좀 더 알아보겠습니다."

"알아보시더라도 조심스럽게 움직이시는 것이 좋을 것 같습니다. 제 느낌상 이들의 뒤에는 분명 드러나지 않게 재단을 지키는 세력이 있을 것입니다."

박영철 차장의 말처럼 수십 년 동안 존재한 재단이라면 그만한 안전장치들이 있을 것이다.

여러 정권을 거치는 동안에도 미르재단은 축소되거나 사라지지 않은 걸 보면 말이다.

"예, 저도 쉬운 곳은 아니라고 생각이 듭니다. 우선은 제가 천산이라는 인물을 만나봐야 할 것 같습니다."

호랑이를 잡으려면 호랑이 굴에 들어가야 하는 것처럼 천산을 직접 만날 수밖에 없었다.

그를 만나야만 머릿속에 가득한 의구심의 실타래가 풀릴 수 있을 것만 같았다.

*　　　*　　　*

이대수 회장의 지시로 대산에너지는 고티광구를 정리 중에 있었다.

쌍용정유에 팔았던 지분 계약도 취소되었고, 대산에너지가 받았던 계약금도 돌려주었다.

쌍용정유도 고티광구의 상황을 파악하자 계약 취소에 안도하는 모습을 보였다.

대산그룹은 대산에너지가 실패한 고티광구 유전 개발을 여론이 눈치채기 전에 처분하길 원했다.

"2천만 달러라고요. 그건 너무 심한 가격이 아닙니까? 저희가 이곳에 투자한 돈만 하더라도 5억 달러가 넘습니다."

룩오일NY Inc와의 협상에 임하고 있는 임종혁 상무는 말도 안 되는 가격 제시에 흥분하고 말았다.

대산에너지는 룩오일에게 3억 달러를 주고서 광구를 인

수했다. 거기에 원유가 나왔을 때 별도로 판매 금액에 대한 인센티브까지 지급하기로 했다.

한데 지금 룩오일NY Inc는 고작 2천만 달러로 고티광구를 인수하겠다고 나온 것이다.

더구나 대산에너지는 광구 개발을 위해 2억 5천만 달러를 쏟아부었다.

"저희는 경제적인 가치를 부여해서 인수금을 제시한 것입니다. 유전이 나온 광구라고는 하지만 경제성이 없는 광구에 대해서는 대산에너지가 원하는 금액을 지급할 수 없습니다."

대산에너지는 최소 1억 달러를 요구했다. 하지만 룩오일NY Inc는 최소 금액의 20%만을 지급하길 원했다.

"현재 광구의 투입된 탐사 장비들의 가격만 해도 2천만 달러는 충분히 받을 수 있습니다."

"대부분이 저희 회사가 가지고 있는 장비들입니다. 중복된 장비들을 굳이 사들일 필요성은 없습니다."

룩오일NY Inc의 협상을 주도하고 있는 비탈리 이사는 바늘 하나 들어갈 틈을 보여주지 않았다.

"그렇다고 하더라도 2천만 달러는 저희가 받아들일 수 없는 금액입니다."

"저희는 합리적인 가격을 제시한 것입니다. 저희가 제시한 가격이 마음에 들지 않으시다면 다른 곳과 협상을 하셔도 좋습니다."

비탈리 이사는 고티광구가 필요치 않다는 표정이었다. 처음 룩오일과 계약을 할 당시와는 전혀 다른 상황이었다.

'후! 첩첩산중이네. 다른 회사도 고티광구를 원하지 않고 있으니……'

대산에너지는 별도로 고티광구에 대한 인수 타진을 러시아와 유럽의 몇몇 에너지 기업에 해보았지만 다들 큰 관심을 보이지 않았다.

한마디로 실패한 광구를 인수할 생각이 없는 것이다.

"오늘의 협상안을 가지고 본사와 연락을 취하겠습니다. 그 후에 다시 한번 자리를 마련하도록 하지요."

"그렇게 하십시오. 하지만 시간을 끌수록 협상이 더 불리해질 수 있다는 것을 아셨으면 합니다. 사실 저희 쪽에서는 고티광구에 큰 관심이 없습니다."

비탈리 이사의 말처럼 룩오일NY Inc가 인수하지 않는다면 고티광구의 처리는 자칫 해를 넘길 수도 있었다.

그렇게 되면 현장 유지비와 장비 관리비로 수백만 달러가 그냥 사라질 판이었다.

*　　　　*　　　　*

이대수 회장에게 연락을 취했다.

미르재단에 들어가기 전에 천산을 만나보고 결정하겠다고 말이다.

미르재단이 날 선택하는 것이 아닌 내가 미르재단을 선택하겠다는 말이기도 했다.

수화기 너머로 들려온 이대수 회장의 목소리는 조금은 난감해하는 것 같았다.

─알겠습니다. 제가 강 회장님의 의사를 전하겠습니다.

"죄송합니다. 제가 너무 부담을 드린 것이 아닌지 모르겠습니다."

─아닙니다. 강 회장님의 의사는 저도 충분히 이해합니다. 그럼 연락드리겠습니다.

"예, 감사합니다."

전화를 끊고 나자 절로 한숨이 나왔다.

"후! 잘한 건지 모르겠네."

천산이 나의 조건을 받아들이지 않으면 그만이었다. 그를 만나기 위해서 미르재단에 가입하는 것은 리스크가 컸다.

어딘가에 속해 있다는 것은 속한 곳에 규율과 법칙을 따라야만 한다는 것이었다.

미르재단의 실체를 벗기기 위해서 무작정 움직이는 것도 문제였다. 한편으로 그들이 나를 주목하고 관심에 두는 것을 원치 않았다.

황만수는 이대수 회장과의 통화 후에 쓴웃음을 지었다.

"후후! 특별한 대접을 받고 싶어 하는군. 대종사께서 받아들이실지……."

전례가 없었다.

다들 미르재단에 가입하겠다는 의사를 명확히 밝힌 후에야 천산을 만날 수 있었다.

하지만 지금 강태수는 천산을 만나고 나서 결정하겠다고 말한 것이다.

"그럴 만한 값어치가 있는 인물인가?"

황만수는 푹신한 의자에 기대며 강태수에 대한 보고서를 떠올렸다.

공고 출신임에도 불구하고 서울대 수석 입학.

중학교와 고등학교 2학년 때까지는 평범한 인물이었지만 3년 때부터 갑자기 두각을 나타냄.

사업적인 감각이 남달라 진행하고 있는 모든 사업 분야를 성공적으로 이끌고 있고…….

북한의 신의주 특별 행정구 사업을 진두지휘하여 성공으

로 이끈 인물이자, 북한의 김평일 위원장과 돈독한 관계를 맺고 있다는 점…….

강태수의 보고서에는 지금까지 단 하나의 실패도 없었다.

더구나 나이에 맞지 않은 리더십과 포용력으로 직원들의 신망을 얻고 있다는 점도 높이 평가되었다.

'음, 평범했던 인물이 무엇 때문에 갑자기 바뀐 걸까? 아무리 노력을 한다고 해도…….'

황만수는 강태수의 갑작스러운 변화에 주목했다. 아무리 머리가 좋다고 해도 단숨에 될 수 있는 일이 있고 그렇지 못한 일들이 있다.

강태수가 이룩한 일들을 보면 상식적으로나 이치에 맞지 않은 일들이 적지 않았다.

아니, 그 나이에 걸맞지 않은 행동들이다.

"정말 강태수가 천혼(天魂)을 타고난 걸까?"

황만수는 이런저런 생각을 하다 전화기를 집어 들었다.

"결국, 그 답을 알 수 있는 건 대종사뿐이겠지."

전화기의 다이얼을 돌린 황만수는 수화기 너머로 이대수 회장이 전해준 이야기를 전달했다.

Chapter 6

　천산을 만나기 위해 향한 곳은 천심원이라는 법당이었
다.

　한국에 있는 주요 명산을 돌며 수련을 한다는 천산이 산
에서 내려와 자신이 깨달은 것들을 들려준다는 장소였다.

　천심원은 삼청 터널 근처에 자리 잡고 있었다.

　아름드리나무들이 둘러싸고 있는 천심원은 생각했던 것
보다 작은 법당이었다.

　천심원은 3개의 작은 건물들로 이루어져 있었다.

　천심원이 일반적인 법당과 다른 점은 부처상이 놓여 있

지 않다는 것이다.

내가 안내된 곳은 가장 안쪽에 있는 작은 기와집이었다.

아담한 기와집 뒤쪽으로는 대나무들이 운치 있게 자라고 있었다.

호젓한 숲속에 자리 작은 기와집은 주변 풍경과 잘 어울렸다. 마치 옛 선비가 글공부를 위해 찾은 조용한 암자처럼 보이기도 했다.

"기다리고 계십니다. 저리로 들어가시면 됩니다."

나를 안내한 40대 초반의 여인은 무척이나 평안한 얼굴을 하고 있었다.

"감사합니다."

'후! 이렇게 빨리 연락이 올 줄 몰랐는데…….'

이대수 회장과 통화를 한 후, 다음 날 오전에 곧바로 연락이 왔다.

신발을 벗고 안으로 들어가기 전 노크를 했다.

"들어오시게나."

방 안에서는 청명한 목소리가 들려왔다. 천산의 나이가 상당하다고 들었지만 들려온 목소리에는 힘이 넘쳐났다.

문을 열고 안으로 들어서자 방 안에는 찻잔이 올려진 탁자만이 보일 뿐이었다.

천산이 앉아 있는 자리에는 방석조차 없었다. 오히려 내가 앉을 자리에 방석이 놓여 있었다.

흰 도포에 흰머리와 하얀 수염을 길게 늘어뜨린 천산의 모습은 천상 도인의 모습이었다.

"안녕하십니까? 강태수라고 합니다."

"일전에 한 번 만난 적이 있지요?"

"예, 이대수 회장님과 함께 계실 때 만났었습니다."

"하하하! 이렇게 다시 만나보니 내 눈이 틀리지 않았다는 것이 느껴집니다."

천산은 나를 바라보며 호탕하게 웃었다.

"어떤 것이 그런지 여쭤봐도 되겠습니까?"

"그건 본인이 가장 잘 알고 있지 않습니까?"

천산은 내 물음에 오히려 반문하며 말했다.

"제가 말입니까?"

"천의무봉(天衣無縫)."

천상(선녀)의 옷은 바느질한 자리가 없다는 고사성어였다.

"강 회장님이 지닌 기질의 자연스러움과 빼어남이 누구보다도 낫기 때문에 흠이 없다고 말할 수 있습니다. 다른 의미로 말하자면 태생부터가 다르다고 말할 수 있겠습니다."

"하하! 제가 말입니까?"

"하하하! 제 말이 믿어지지 않으시는 것 같습니다."

천산은 내 말에 긴 수염을 매만지며 큰 소리로 웃었다. 하지만 그의 눈은 허공에서 먹이를 찾는 매처럼 나의 전신을 꿰뚫어 보는 듯했다.

"솔직히 그런 소리를 처음 들어봤습니다. 그나마 들어본 소리는 운이 좋다는 말들이었지요."

실업계 공고 출신이 서울대를 들어간 것을 두고서 사람들이 한결같이 한 말들이었다.

"하하하! 운도 하늘이 주는 것입니다. 하늘이 선택한 사람에게만 말이지요. 이 세상을 바꾸었던 인물들도 하늘이 돕지 않았다면 우리가 아는 큰 업적을 남기지 못했을 것입니다. 혹시, 천혼(天魂)이라는 말을 들어본 적이 있으십니까?"

'어떻게 천혼을……'

송 관장이 말해주었던 천혼이 놀랍게도 천산의 입에서도 흘러나왔다.

"처음 들어보는 말입니다."

"보통의 사람들은 알지 못하는 이야기지요. 천혼은 세상의 변화가 필요할 때와 극심한 혼란이 일어날 때 모습을 드러냅니다."

"천혼이라는 것이 사람을 지칭하는 말입니까?"

"하늘의 기운을 타고난 사람이라고 말할 수 있겠습니다. 천혼을 가진 사람에게는 하늘이 준 매력 때문에 훌륭한 인재들이 그 주변에 모여들지요. 한데 제가 이 나라에 내로라하는 사람들을 많이 만나보았지만, 강 회장님과 같이 기이한 형태의 기운을 가진 분은 만나보질 못했습니다."

"제가 그렇게 기이합니까?"

"하하하! 기이하다 말하기보다는 특별하다고 해야겠지요. 어떤 이유에서인지는 모르겠지만, 강 회장님의 운명이 어느 날부터 바뀐 것 같습니다. 또한 타고난 기질과 형세도 한순간에 달라졌습니다. 평범하기가 그지없는 기운이 왕의 기운으로 탈바꿈했다고 할 수 있겠습니다. 그리된 이유는 강 회장님 본인만이 알고 계시겠지요?"

'음, 나에 대해 알고 이야기하는 건가? 내가 과거로 온 것을… 설마, 그럴 리가?'

"하하하! 태어나 처음으로 좋은 이야기를 많이 들은 날인 것 같습니다. 저를 좋게 봐주셔서 정말 감사드립니다."

'후후! 이 나이에 이런 평정심(平靜心)과 심계(心界)를 가지고 있다니… 의심에서 확신으로 나아가게 하는구나.'

천산은 내 말에 잠시 뜸을 들인 후에 다시금 말을 이어갔다.

"사람들은 계절에 맞는 옷을 입고, 때에 맞는 언행과 상황에 맞는 행동을 하게 됩니다. 그러한 것들은 타고난 기질과 품성으로, 또한 교육을 받고 알게 됩니다. 그것과 다르게 행동하는 사람은 둘 중 하나지요. 바보거나, 천재로 불립니다. 거기서 한 발짝 더 나아가 범인들은 전혀 생각할 수 없는 범주의 영역까지 헤아릴 줄 아는 사람은 초인이라고 합니다. 초인은 조금 전에 말했던 천혼의 기질을 타고난 사람이라 할 수도 있습니다. 한데 지금 강 회장님은 현재 나이로는 도저히 볼 수 없는 행동과 말을 하고 계십니다. 더 나아가 사람들이 우러러보는 업적까지 쌓고 있습니다. 그 모든 일들이 때와 계절에 맞지 않는 것들이지요."

천산의 말이 끝나는 순간 그의 눈에서 섬광 같은 빛이 보였다.

마치 내 안에 있는 또 다른 나를 보려는 듯이.

'허허! 놀랍군. 내 눈을 바로 바라보다니… 음, 예상한 대로 천혼의 기질이 서려 있구나. 하지만 아직은 제대로 자리잡지 못한 것 같은데…….'

"하하! 그럼, 제가 초인이라는 말씀입니까?"

천산의 말은 묘하게 사람의 마음을 움직이게 만들었다.

"그 답은 재단에 들어오시면 해드리겠습니다."

천산은 나에게 인자한 미소를 지으며 말했다. 그에게서는 자애로움과 신비함이 전해져 왔다.

세상의 모든 것들을 다 알고 있는 듯한 그의 깊은 눈동자와 입가의 자애로운 미소는 사람의 마음을 흔들어놓기에 충분했다.

이대수 회장이 왜 천산을 직접 만나보라고 했는지 알게 하는 모습이었다.

천산과의 만남을 마치고 천심원을 나서기 전, 그의 손을 유심히 살펴보았었다.

천산의 모습과 행동거지, 그리고 그에게서 풍겨오는 느낌이 꼭 백야의 인물 같았기 때문이다.

하지만 그 손바닥을 정확하게 볼 수가 없었다.

'뿜어져 나오는 기운이 심마니 정 씨에게서 느꼈던 기운과 비슷했는데……'

"오늘 어떻게든 천혼에 대한 의구심을 풀어야겠어."

오늘 송 관장과 파천서와 천부에 관해서 이야기를 나눌 예정이었다. 송 관장과 약속했던 날엔 그의 후배로 인해 이야기를 나누지 못했다.

*   *   *

강태수가 천심원을 떠난 지 20분 후, 미르재단의 황만수 이사장이 천심원을 찾았다.

"강태수가 천혼이었습니까?"

천산 앞에 무릎을 꿇고 앉은 황만수가 조심스럽게 입을
열었다.

황만수는 흑천이 처음 정계에 심어놓은 비응조(飛鷹爪)였
다. 비응조에 속한 인물들은 무공이 아닌 뛰어난 머리와 재
능으로 정부기관이나 정치계에 침투해 흑천의 일을 돕는
역할이었다.

"그것이 그리도 궁금하더냐?"

"대종사께서 이런 특혜를 주신 적이 없었던 것 같아 여쭈
어본 것입니다."

"정말 그것 때문이야? 강태수의 비범함이 너희가 지닌
범주를 넘어선 것이기 때문이냐?"

"강태수가 보여준 능력이 놀랍다는 것은 저도 인정합니
다. 하지만 진정 하늘이 선택한다는 천혼인지가 궁금해서
입니다."

"음, 너의 생각은 능력과 자질은 있으나 천혼까지는 아니
라는 것이구나."

"예, 그렇습니다."

"하하하! 사람은 누구나 보는 눈이 다르고, 바라보는 관
점이 다를 수 있지. 그럼 네게 한 가지만 묻겠다. 네가 올라

선 지금의 위치는 얼마나 걸린 것이냐? 또한 그것이 오로지 너의 힘으로만 이룩한 것이더냐?"

천산의 물음에 황만수는 바로 대답할 수 없었다.

현재 황만수는 정·재계에 상당한 영향력을 행사할 수 있었고 언론 또한 어느 정도는 통제할 수 있는 위치였다.

웬만한 사건을 일으켜도 황만수가 힘을 쓰면 무사히 풀려날 수 있을 만큼 검찰과 법조계에도 힘이 있었다.

하지만 이 모든 것을 갖추기 위해서는 35년이라는 세월이 필요했고, 그 과정에서 흑천의 도움은 절대적이었다.

"형제들의 도움으로 35년이 걸렸습니다."

"이제 너와 강태수의 차이를 알겠느냐?"

"예, 제가 잠시 저 자신을 망각한 것 같습니다."

"자신을 제대로 안다는 것도 쉬운 일은 아니니라. 천혼인이 우리와 함께하면 대업은 더욱 쉬워질 것이다. 하지만 우리와 반한다면 지금까지 이룩한 일들이 흔들릴 수도 있느니라. 그것이 바로 천혼이 지닌 힘이다. 하지만 아직은 천혼(天魂)이 깃든 것일 뿐. 아직 강태수는 진정한 천혼의 힘을 가지지는 못했다."

"하면 어찌해야 합니까?"

"천부(天符)가 없는 천혼(天魂)은 두려워할 필요가 없다. 강태수가 우리와 함께하지 않는다면 업화(業火)의 불길을 더욱 타오르게 할 희생양으로 삼으면 된다."

"업화는 언제쯤 일어나는 일입니까?"

"정확한 때와 시기는 알지 못한다. 하지만 천혼이 깃든 인물이 나타났다는 것이 곧 업화의 징조니라."

"시기가 도래했다는 말씀입니까?"

"지켜보아라. 업화의 징조들이 우리를 이끌 것이다."

천산은 알 듯 모를 듯한 말들만 뱉을 뿐, 황만수가 원하는 대답을 해주지 않았다.

*   *   *

천산과의 만남은 머릿속을 더 복잡하게 만들었다.

그에게 느낀 것은 달관자의 모습이었다. 세상의 비밀을 모두 알고 있는 모습보다는 세상의 것들을 모두 내려놓은 초월자처럼 보이기도 했다.

일반적인 점쟁이와 사기꾼으로 볼 수 있는 인물이 전혀 아니었다.

"사람의 본질을 꿰뚫어 보는 인물이었어……."

세계를 돌며 여러 사람들을 만나왔지만 천산은 지금까지 만났던 사람들과는 전혀 달랐다.

"한데 왜 미르재단을 만든 것일까? 세상을 달관하듯이

유유자적 살아가는 사람 같았는데……."

물론 미르재단은 천산이 만든 것은 아니었다. 하지만 그는 미르재단의 정신적 지주로서 재단에 속한 여러 사람의 구심점이 되는 존재였다.

세상을 달관한 듯한 사람이 대한민국을 움직이는 사람들의 정신적 지주라는 것이 조금은 이치에 맞지 않았다.

'힘이 있어야 세상을 바꾸는 것이기는 한데……. 하지만 선택된 사람들을 끌어들인다는 것이 꼭 흑천의 사상과…….'

순간 뇌리를 스치는 생각이 떠올랐다.

심마니 정 씨와 부산에서 만난 해당화가 말해주었던 흑천의 사상과 그들이 주장하는 이상적인 세상에 대해서.

"아! 왜 미처 그걸 생각 못 했지. 흑천이 추구하는 차별적인 계급과 선택된 인물들… 미르재단도 99명만을 선택하여 서로를 돕고 있으니……."

이대수 회장이 미르재단을 나에게 소개했을 때 이 나라를 위한 일들을 하는 재단이라고 말했었다.

하지만 실질적으로 재단이 하는 일은 제한적이었다.

조사한 것처럼 장학금과 보육원을 돕는 것으로는 이 나라를 올바른 방향으로 변화시키고 발전시킬 수 없다.

미르재단이 가장 중요시하는 것은 회원들 간의 유대 관

계와 서로 간의 협조였다.

회원들이 필요로 하는 법률을 만들고 제도를 바꾸었다. 또한 자신들의 이익을 위해서 한목소리를 냈다.

힘과 권력을 가진 자들의 목소리는 보통 사람 만 명의 목소리보다도, 십만 명의 목소리보다 강했다.

더구나 미르재단이 선택한 인물들과 흑천이 추구하는 차별적 계급 사상을 접목하자 연관성이 있어 보였다.

"천산이 미르재단에 끼치는 영향력이 절대적인 것도 일반적이지 않고……. 정말 흑천이 미르재단과 연관이 있다면 이건 보통 일이 아니구나."

미르재단에 누가 속해 있는지 정확히는 모르지만, 대한민국에서 막대한 영향력과 힘을 지닌 인물들만이 가입할 수 있었다.

이러한 인물들이 모인 미르재단은 수십 년 동안 더욱 치밀하게 자신들의 힘을 더욱더 축적해 놓았다.

"음, 흑천의 대한 조사가 제대로 이루어질 수 없었던 이유가 미르재단 때문일 수도 있겠어."

흑천이 커다란 권력과 힘의 비호 아래에 활동하지 않았다면 벌써 언론과 국내 정보팀에 드러났어야만 했다.

하나의 의심이 큰 그림에 빠져 있던 실마리가 될 수 있다는 생각이 들었다.

　　　　*　　　*　　　*

　국내 정보팀을 책임지고 있는 김충범 실장이 나를 방문했다.

　"지금까지 흑천을 조사하는 과정에서 몇몇 정치인과 회사 경영자들의 죽음에 이상한 점이 발견되었습니다. 이들 중 상당수가 자살과 과실사로 처리되었지만 그럴 만한 충분한 이유가 없었습니다. 하지만 담당 경찰과 해당 검사가 사건을 서둘러 수습한 정황이 있습니다. 더구나 이들은 자신이 알고 있는 무언가를 주변에 알리려고 했고, 몹시 두려워했다는 공통점이 있었습니다."

　김충범 실장이 말한 사람들은 80년대와 90년대 초반까지의 인물들로 대중에게 상당한 영향력과 인지도를 지닌 인물들이었다.

　다들 교통사고, 심장마비, 실족사, 자살로 이어지는 공통점이 있었다.

　더구나 사망한 경영인들이 소유했던 기업들은 이후에 다른 기업에 인수되거나, 폐업되는 상황을 맞이했다.

　다들 건실했던 기업들이었지만 이상하게도 지금까지 유지된 기업이 없었다.

한편으로 사망자의 회사를 인수한 기업은 한라그룹, 대산그룹, 대용그룹에 집중되어 있었다.

"죽은 정치인 중 상당수가 황만수 당시 국회의원과 가까운 사이이거나, 정치적인 노선을 두고 자주 다투었던 인물이라는 공통점도 있었습니다."

나는 김충범 실장에게 미르재단은 물론 재단 이사장인 황만수에 대한 조사도 부탁했었다.

황만수는 5선 국회의원이라 언론에 자주 등장할 수밖에 없었고, 그와 관련된 자료는 충분히 얻을 수 있었다.

"음, 흩어졌던 퍼즐이 맞춰지는 느낌이네요. 오늘부터 미르재단과 황만수 이사장에 대한 조사를 집중적으로 해주십시오. 그리고 조사하는 직원들에게 권총을 지급하십시오."

"총을 말입니까?"

김충범은 내 말에 상당히 놀라는 모습이었다. 러시아에서 들려온 총기를 국내 정보팀은 가지고 있었다.

"예, 자칫 직원들이 위험에 빠질 수도 있으니까요. 만약을 위해서입니다. 가스총으로는 상대할 수 없는 인물들이 나타날 수도 있습니다."

"알겠습니다."

"그리고 위험이 감지되면 바로 빠지셔야 합니다. 놈들을 상대할 팀을 러시아에서 불러들일 테니까요."

"예, 알겠습니다."

국내 정보팀은 전투를 할 수 있는 팀이 아니었다. 흑천이 모습을 드러내면 코사크 타격대를 국내로 불러들일 것이다.

총기 사용이 엄격하게 금지된 대한민국이었지만 흑천과의 싸움에서는 따질 상황이 아니었다.

김충범 실장이 돌아간 후, 지금까지 조사한 것들을 바탕으로 하나의 그림을 그려보았다.

미르재단의 방패막이가 되어주는 흑천과 미르재단의 그늘 아래에 숨어 있는 흑천의 관계를 말이다.

미르재단에 속해 있는 기업들은 어쩌면 흑천의 돈줄 역할을 하고 있는지도 모른다는 생각이 들었다.

그리고 그들은 진정한 흑천의 참모습을 모르고 있을 수도 있다는 생각도 말이다.

"만약 흑천의 본모습을 알고도 참여했다면 용서할 수 없겠지……."

흑천이 추구하는 사상은 이 나라의 자유민주주의를 붕괴시키는 사상이자 자유를 억압하는 것이었다.

더구나 친일 세력과 손을 잡고서 이 땅에서 힘을 키운 흑천이 다시금 자신들의 이익만을 지키려 하는 인물들을 미르재단에 끌어들였다고 볼 수 있었다.

"이들이 계속해서 이 나라의 부와 기득권을 소유한다면 흑천은 절대로 사라지지 않을 것인데……. 어떻게 해야 할까?"

부와 권력을 쥐고 있는 자들이 미르재단과 함께한다면 이 땅은 분명 흑천이 원하는 세상으로 바뀔 것이다.

'흑천과 연관이 없다고 해도 미르재단은 자신들의 이익만을 추구하는 집단일 뿐이야.'

현재 미르재단의 속한 98명은 자신의 사업과 명예, 이익, 권력을 더욱 공고히 하기 위해서 자신들이 가진 힘을 올바르게 사용하지 않고 있었다.

더구나 그 힘이 불필요한 방향으로 왜곡되었을 땐 억울한 피해자가 발생하게 된다.

"음, 어떻게 이들을 상대해야만 할까? 우선은 자금줄을 막는 것이 우선인데… 아! 그렇지. IMF를 이용한다면 가능할 수도 있겠어."

순간 머릿속에 떠오른 것이 IMF였다.

수많은 기업과 은행마저 도산하게 만든 외환 위기가 서서히 다가오고 있었다.

미르재단이 흑천과 연관된 단체라면 미르재단에 가입한 기업들을 그대로 두지 않을 것이다.

특히나 한라그룹, 대산그룹, 대용그룹은 미르재단에 가

입한 후부터 급격하게 사세가 확장되었다.

*　　　*　　　*

"음, 이 나라가 그 정도인지는 몰랐구나."

미르재단과 천산에 대한 이야기를 들은 송 관장의 표정이 심각했다.

흑천의 인물들과 마주쳤던 송 관장은 그들의 잔인성을 이미 경험했었다.

살인을 아무렇지 않게 생각하는 그들은 이 땅에 살아가는 사람들의 생명을 하찮게 여기고 있었다.

나 또한 흑천의 인물에게 죽음의 위기를 겪었었다.

"일반인들은 전혀 알 수 없는 일입니다. 웬만한 위치에 있는 인물들도 미르재단에 대해서는 알지 못하니까요."

"언론사의 사주도 가입된 단체라면 일반인에게 노출이 더더욱 안 되겠지. 더구나 흑천이 연관되어 있으면 미르재단에 위협이 되는 인물에 대한 처리도 했을 테니 말이야."

"그런 정황이 여러 곳에서 나타났습니다. 그동안 흑천의 꼬리가 잡히지 않았던 이유도 미르재단의 힘이 작용했기 때문입니다."

미르재단에서 일하는 직원들을 조사하는 과정에서 확실

하게 증거를 잡을 수 있었다.

열 명의 직원 중 여덟 명의 본적지가 같았다.

그들 모두 태백산 자락인 봉화군으로 되어 있었다.

혹천의 본거지로 추정되는 건물들이 태백산과 이어지는 곳에 자리 잡고 있었기 때문이다.

Chapter 7

　오늘도 어김없이 척살단의 세 사람은 강태수가 들어간 송 관장의 집을 바라보고 있었다.

　바뀐 것은 차량이었다.

　혹시나 강태수가 눈치챌 수 있었기 때문에 봉고차에서 소나타로 차를 바꿨다.

　하지만 봉고차처럼 짙은 선팅을 해 밖에서 안을 볼 수 없었다.

　"저 집은 강태수가 경호원 없이 혼자서 방문하는 걸 보니 특별한 관계인가 봐."

"가까운 관계인가 보지. 집에서도 멀리 떨어지지 않았으니까, 그런 것 아냐?"

태백의 말에 화린은 별거 아니라는 투로 말했다.

"물론 그럴 수도 있지. 하지만 지금까지 지켜본 바로는 경호원이 어딜 가든 동행했었어. 저 집만 빼고 말이야."

외솔의 말처럼 강태수는 어디를 가든지 항상 경호원을 대동하고 다녔다.

"아— 함! 따분하게 또 기다려야 하는 거야?"

화린은 크게 하품을 하며 말했다. 반복되고 지루한 미행이 이젠 너무 지겨웠다.

"아으! 싫든 좋든 내일이면 끝나."

태백 또한 두 팔을 뒤로 젖히며 기지개를 켰다.

그때였다.

딸깍!

차 문이 열리며 화린이 밖으로 나섰다.

"또 어디 가?"

외솔이 차 문을 열고 소리쳤다.

"산책."

짧게 대답을 한 화린이 앞쪽으로 빠르게 사라졌다. 이번에 화린의 발걸음은 송 관장의 집이 아닌 북한산으로 올라갈 수 있는 등산로였다.

"정말 천방지축이야. 홍 장로님만 아니면 데려오지 않았을 텐데."

외솔은 못 말리겠다는 표정이었다.

"만약에 사태를 대비해서 데려온 거잖아. 비밀 병기로."

태백은 외솔과 달리 느긋한 표정이었다. 그의 말처럼 두 사람이 감당할 수 없는 상황에 부닥쳤을 때를 대비해서 화린을 데려온 것이었다.

예인이는 잡생각들을 떨쳐 버리기 위해 요즘 수련에 더욱 매진하고 있었다.

새벽은 물론 시간이 날 때마다 오후에도 산에 올라 운동에 매진했다.

"후! 땀을 흘리니까, 좀 낫네."

한 시간 정도 마음껏 기운을 발산하고 나자 기분이 상쾌했다.

집에서 가져온 얼음물을 마시기 위해 물병을 잡을 때였다. 오른쪽에서 싸늘한 기운이 느껴졌다.

"누군데 날 훔쳐보고 있지?"

예인이는 아무도 없는 숲 속을 향해 말했다.

"와! 대단하네. 날 느꼈단 말이야?"

커다란 소나무 뒤편에서 앳된 목소리와 함께 화린이 놀

란 표정을 하며 천천히 걸어 나왔다.

"누구지?"

예인이는 화린을 경계했다. 그녀가 운동하는 장소는 등산객이나 산책하는 사람들의 눈에서 벗어난 장소였다.

그러한 곳에 고등학생으로 보이는 소녀가 갑자기 나타난 것이다.

"내 이름을 알게 되면 넌 죽어."

예쁘장하게 생긴 화린의 입에서는 소름 끼치는 말이 서슴없이 나왔다.

"장난으로 그런 거라면 한 번은 봐줄 수 있지만 두 번은 참지 못해."

예인이의 입에서도 싸늘한 말이 나왔다. 그도 그럴 것이 예인이의 눈앞에 나타난 화린은 보통의 소녀로 보이지 않았기 때문이다.

"깔깔깔! 예뻐서 죽이기는 좀 그런데."

"예쁜 입으로 안 좋은 말만 배웠나 보네. 아무한테나 버릇없이 굴다가는 큰코다칠 수가 있어."

"깔깔깔! 넌 예쁘기만 한 게 아니라, 사람을 웃기는 재주도 있구나."

화린은 예인이의 말이 재미있는지 배를 잡으며 웃었다.

"똥이 무서워서 피한다는 게 아니라 더러워서 피한다는

말이 딱 이런 상황이네. 말을 알아듣지 못하는 너 같은 애를 상대할 필요는 없겠지."

예인이는 물병을 들고서 자리를 피하려고 했다.

괜한 시비를 걸고 있는 화린를 상대해 봤자 손해라는 생각이 들어서였다.

"자꾸 짜증이 나려고 하네. 거기서 한 발짝만 더 움직이면 정말 죽일지도 몰라."

말을 하는 화린의 몸에서 뻗어 나온 차가운 기운이 예인이의 발걸음을 막아섰다.

'보통이 아니라고 생각했는데……'

예인이는 천천히 뒤돌아서서 화린을 바라보았다.

"너 혹시, 흑천에 속한 인물이니?"

예인이는 가인이에게 들었었다. 흑천에는 여자도 있다는 것을.

"이야! 이거 정말 재미있는데. 이젠 널 죽일 확실한 이유가 생겼어."

화린은 예인이의 말에 잠깐 놀라는 표정이었지만, 금방 입가에 미소를 지었다.

"후후! 내 질문에 답을 해주지그래. 그래야 나도 널 봐주지 않을 수 있으니까."

말을 하는 예인이의 눈빛이 서서히 바뀌기 시작했다.

"너도 평범한 인물이 아니었군. 맞아, 네가 생각한 대로 난 흑천에 속해 있지. 넌 백야의 인물이겠지?"

"아니, 난 백야가 뭔지 몰라. 내가 알고 있는 것은 흑천은 악이라는 거지."

"깔깔깔! 날 세 번이나 웃게 했으니까. 그렇게 아프지 않게 죽여줄게."

화린은 웃음을 그치는 순간 예인이를 향해 몸을 날렸다. 나무들 사이를 박차고 날아오른 동작이 표범처럼 매서웠다.

순식간에 예인이의 머리 위로 떨어져 내리는 화린의 손이 예인이의 뒷목을 노렸다.

단숨에 예인이의 숨통을 끊어버리겠다는 모습이었다.

"후회할 짓은 하지 말아야지."

예인이는 그 자리에서 땅을 향해 360도 회전하며 자신에게 떨어져 내리는 화린의 손을 발로 차올렸다.

탁!

순간 단단한 나무를 차는 듯한 소리가 들렸다.

화린은 예인이의 예상 밖의 반격에 뒤쪽으로 몸이 퉁겨졌다.

올림픽에 출전한 체조 선수처럼 부드럽게 땅에 착지한 화린은 두 눈이 동그랗게 커졌다.

자신의 공격을 그런 식으로 무력화시킬 줄 전혀 예상하지 못했기 때문이다.

더구나 예인이를 향했던 오른손에는 찌릿한 통증이 전해져 왔다.

"이거 놀라운데! 너 정말 보통이 아니구나."

예인이의 움직임에 화린의 입에서 감탄사가 나왔다. 자신의 공격을 단숨에 무력화시킬 수 있는 인물은 흑천에도 그리 많지 않았다.

"사람을 잘못 선택한 대가를 치르게 해주지."

예인이는 지금 눈앞에 있는 흑천의 인물이 자신이 사는 곳에 나타난 것이 이상했다.

'아빠를 추적한 건가? 아니면 태수 오빠를……'

가인이를 비롯해서 두 사람은 흑천과 마주쳤던 사람들이었다.

"깔깔깔! 내 예상을 뛰어넘었지만 넌 오늘이 마지막이야."

"후후! 너 같은 애한테는 말로는 안 되겠지. 타앗!"

이번에는 예인이가 움직였다.

기합과 함께 땅을 차는 순간 이미 예인이의 몸은 화린의 눈앞에 있었다.

'뭐가 이렇게 빨라.'

뒤쪽으로 몸을 움직이기에는 이미 늦은 상황이었다. 얼굴을 향해 날아드는 오른 무릎을 손으로 막는 순간, 왼쪽 무릎이 연이어 솟구쳤다.

화린의 고개가 빠르게 뒤로 젖혀지며 예인이의 왼쪽 무릎을 피하는 순간, 그녀의 양쪽 어깨에 힘이 가해지는 것이 느껴졌다.

'어!'

그 순간 화린의 몸이 자신의 의지와 상관없이 뒤쪽으로 빠르게 내동댕이쳐졌다.

예인이에 의해서 집어 던져진 화린은 균형을 잡을 수 없을 정도로 힘이 가해진 상태였다.

지면에 얼굴이 닿는 순간 화린의 손이 땅을 짚으며 몸을 뒤로 회전했다.

그때였다.

"큭!"

화린의 등 쪽으로 강한 충격이 전해져 왔다.

우당탕!

균형을 잃은 몸은 바닥에 강하게 내동댕이쳐졌다.

네 번에 걸쳐진 예인이의 연속 공격을 화린은 막지 못했다. 예인이를 너무나 가볍게 본 결과였다.

"으흑!"

두 손으로 땅을 짚고 일어서려는 화린의 눈은 분노로 가득했다.

*　　　　*　　　　*

"음, 흑천의 세력이 보이지 않는 곳까지 영향을 미친다는 것인데."

송 관장은 내 말에 근심스러운 표정을 지었다.

"예, 제가 생각했던 것 이상입니다. 가장 먼저 미르재단에 속한 98명의 명단을 알아내는 것이 급선무일 것입니다."

"너무 서두르지는 마. 저들이 너의 의도를 알게 되면 가만있지 않을 테니까."

"예, 조심스럽게 움직이고 있습니다."

"그래야 해. 놈들의 성향으로 보면 자칫 가족들도 위험에 처할 수 있으니까 말이야."

"저도 그게 마음에 걸리기는 합니다. 자신들의 목적을 위해서는 물불을 가리지 않으니까요."

송 관장의 말처럼 흑천은 우리가 보편적으로 생각하는 질서와 도덕을 갖춘 집단이 아니었다.

어떤 짓을 벌여도 자신들의 대의를 위한 일이라면 합당

하게 받아들였다.

"러시아였으면 네가 쉽게 상대할 수 있었을 텐데 말이야."

"예, 그렇겠죠."

흑천이 러시아에 뿌리를 둔 단체였다면 일은 지금보다 훨씬 수월할 수 있었다.

"이제 가져온 파천서 좀 볼까?"

"여기 있습니다."

가방에서 꺼낸 파천서를 조심스럽게 탁자 위에 올려놓았다.

첫 글자의 제목이 지워진 낡은 고서는 송 관장이 발견한 천부와는 다른 글씨체로 쓰인 책이었다.

첫 장을 조심스럽게 넘기는 송 관장은 무척 기대하는 표정이었다.

빛은 한결같이 변함이 없으나 사람의 마음은 그렇지 못하니. 어둠이 세상을 잠식하기 위해 하늘의 사나움을 이 땅에 퍼뜨리니… 사람들의 생각이 사악해져 올바른 길을 따르지 않고 경박한 행동과 말로 하늘의 밝고 밝은 뜻을 따르지 못하는도다.

…

땅이 울고 세상천지가 요동치니 그 기둥이 되는 하늘도 흔들리는 도다.

세상이 다시금 올바르게 나아가도록 하늘의 천인이 하늘의 밝은 빛을 가지고 세상을 비추나니… 이것이 하늘의 혼이라.

첫 장에 쓰인 파천서의 소개 글에 나오는 글귀였다.

하지만 그 이후부터의 내용은 중구난방이었다.

앞뒤가 맞지 않는 글들이 나열되어 있어 무엇을 말하는지 알 수 없었다.

* * *

"큭!"

화린은 입가에 흐르는 피와 함께 옆구리에서 전해져 오는 통증 때문에 숨쉬기가 힘들었다.

세 번이나 땅바닥에 나뒹군 후에야 앞에 서 있는 괴물 같은 여자가 자신이 상대할 수 없는 인물이라는 것을 깨달았다.

"퉤! 도대체 넌 누구냐?"

케첩을 한가득 먹은 것처럼 입안 가득 고인 피를 뱉어내며 화린이 말했다.

그녀의 눈에는 지금 상황을 믿지 못하겠다는 불신이 가

득했다.

"네가 말한 마녀라고 해두지."

예인이의 입에서 나오는 말은 싸늘했다. 평소 따뜻하기만 했던 커다란 눈망울도 불그스름한 빛으로 바뀌어 있었다.

'어떻게 이런 실력을 가진 인물이 있을 수 있지⋯⋯.'

앞에 당당하게 서 있는 여인은 백야의 인물도 아니었다. 더욱 놀라운 것은 화린이 공격했던 방법을 고스란히 자신의 것으로 받아들인다는 것이다.

지금 세 번째로 공격을 허용한 수법은 방금 자신이 사용했던 수법이었다.

'이런 괴물이 있다는 것을 알려야 해.'

자신만만했던 화린은 이제 두려움이 몰려왔다. 화린의 공격에 머리끈이 풀려 바람에 머리가 날리는 예인이의 모습이 정말 마녀처럼 보이기 시작했다.

"자, 이제 끝을 볼까?"

예인이의 말투 또한 평소와 같지 않았다. 강렬한 투기가 그녀의 온몸을 사로잡고 있었다.

"크! 그러지."

고통스러운 표정의 화린은 힘들게 일어나며 말했다. 화린의 눈은 예인이에게 향해 있지 않았다.

"이번에는 쉽지 않을 거야."

말을 마친 화린이 예인이를 향해 몸을 날렸다. 하지만 중간에 위치한 나무를 발로 차는 순간 방향을 바꿔 산 아래쪽으로 내달리기 시작했다.

"나가서 찾아봐야 하는 것 아냐?"

운전석 옆에 앉은 외솔이 차창 밖으로 얼굴을 내밀며 말했다.

"그렇게, 너무 늦는데."

태백도 걱정스러운 눈빛으로 말했다.

그때였다.

한 인물이 빠르게 승용차 옆을 지나쳤다.

"잠깐, 저거 화린이 아냐?"

운전대를 잡고 있는 태백에 말에 외솔이 앞쪽으로 내달리는 인물을 쳐다보았다.

"맞는데. 제가 왜 저러지?"

누군가에 쫓기듯이 무서운 속도로 내달리고 있었다.

"여긴 네가 지키고 있어."

태백은 차 문을 열고 화린이 달려간 곳으로 빠르게 향했다.

'호법님이 나서야 상대할 수 있어.'

정신없이 달리는 화린은 온몸이 만신창이었다. 도망치다 공격을 당한 왼쪽 팔은 감각이 없었다.

"이쯤에 있을 텐데."

너무 정신없이 달리다 보니 일행이 있던 승용차의 위치가 파악되지 않았다.

속도를 줄여 주변을 파악하려고 할 때 뒤쪽에서 자신을 맹렬하게 쫓아오는 느낌이 전해졌다.

'안 돼.'

두 눈에 두려움이 가득한 화린은 더욱 발에 힘을 주었다.

그때였다.

"화린!"

자신의 이름을 부르는 태백의 목소리가 들려왔다. 자신을 쫓은 인물은 다름 아닌 태백이었다.

뒤를 돌아보는 순간.

끼이익!

쿵!

길모퉁이에서 불쑥 나타난 화린을 보지 못한 트럭이 그대로 그녀를 치고 말았다.

화린은 허공에 몸이 뜬 순간 건물 위에서 자신을 내려다보는 그림자를 보았다.

'마녀가 진짜 있었어…….'

철퍼덕!

콘크리트 바닥에 내동댕이쳐진 화린의 몸이 충격에 부르르 떨렸다.

온몸의 기운이 빠져나가려는 순간 태백이 다가왔다.

"마… 녀……."

화린은 간신히 손을 들어 마녀가 서 있는 건물을 가리켰다.

"화린! 정신 차려. 화린!"

하지만 태백은 화린의 말뜻을 알아듣지 못했다.

Chapter 8

　송 관장과 함께 천부와 파천서를 살펴보면서 두 고서에
대한 실마리를 찾으려고 했지만, 풀리지 않는 수수께끼처
럼 의구심만을 가득 안고서 집으로 돌아왔다.

　두 책을 첫 장부터 비교해 보았지만 알 수 있는 것은 전
혀 없었다.

　송 관장은 자신이 보관했던 천부를 내게 주었다.

　송 관장이 보관하는 것보다 안전한 은행 금고에 넣어두
는 것이 더 낫겠다는 판단에서였다.

　지금 두 손에 들고 있는 천부와 파천서는 시간이 더 필요

할 것 같았다.

어쩌면 파천서가 천부에서 말하는 천파천일 수도 있지만, 지금은 그 해답을 찾을 수 없었다.

"분명 천부에는 천파천이라는 단어가 나오지만, 파천서는 천부라는 단어가 없으니……."

두 책이 연관성이 있을 것이라는 일말의 기대는 어느새 실망감으로 바뀌었다.

이젠 파천서가 천파천이라는 확신이 들지 않았다.

"후! 누가 지었는지는 모르지만 좀 알기 쉽게 좀 써놓지."

두 책을 책상에 올려놓고는 소파에 몸을 깊숙이 기대었다.

창밖으로는 커다란 보름달이 달빛을 쏟아내고 있었다.

"음, 그나저나 미르재단의 명단을 어떻게든 확보해야 하는데 말이야."

흑천과의 싸움은 그들의 방패막이가 되어주는 미르재단을 어떻게 처리하느냐에 달려 있었다.

미르재단이라는 보호막이 사라진다면 흑천은 무력 집단일 뿐이었다.

물론 보통 사람들이 생각하는 단순한 무력 집단은 아니었지만 싸우지 못할 상대도 아니었다.

하지만 미르재단이 돈과 권력으로 이들을 감싸고 있는 상황에서는 무척이나 어려운 싸움일 수밖에 없다.

더구나 이 땅에서 뿌리 깊게 박힌 이들의 힘은 결코 작은 힘이 아니었다.

"송 관장님의 말처럼 가족들이 문제인데……."

24시간 경호원을 붙여 생활할 수도 있었다. 하지만 그러한 일상생활은 감옥이나 마찬가지다.

내 마음대로 하고 싶은 일들을 하면서 살아가는 삶이 행복이지 갇힌 삶은 불행할 수밖에 없었다.

'가족들을 러시아로 보내는 것이 안전할 수 있겠는데…….'

본격적인 싸움이 벌어진다면 안전한 방법에 대해 조처를 해야만 한다.

이런저런 생각 때문에 새벽 2시가 되어서야 잠이 들 수 있었다.

＊　　　＊　　　＊

온몸에 붕대를 감은 채 중환자실에 누워 있는 화린은 혼수상태였다.

"깨어날 가능성도 희박하지만 깨어난다고 해도 정상적인

생활은 힘들다고 합니다."

태백은 병원을 찾아온 척살단 단주인 풍운에게 말했다.

"누구에게 당하였는지 모르는 것이냐?"

짙은 눈썹 사이의 미간이 좁혀진 풍운의 목소리는 분노가 가득했다.

"예, 저희는 차 안에서 강태수를 감시하고 있었습니다."

"강태수가 누구지?"

풍운은 강태수에 대해서 알지 못했다.

"닉스홀딩스를 이끄는 기업인입니다. 미르재단에 가입할 수도 있는 인물이라 감시 대상이 되었습니다."

미르재단에 가입한 인물들은 흑천의 감시 대상이자 보호 인물들이었다.

"한데 화린을 왜 혼자 두었지?"

"차 안이 따분하다며 잠시 산책을 하고 오겠다고 했습니다. 저희보다 실력이 뛰어난 친구라 이런 일이 벌어질 줄은 전혀 예상하지 못했습니다."

태백의 옆에 서 있던 외솔이 조심스럽게 말했다.

"너희가 감시하던 인물과 연관된 것은 아니었나?"

"예, 경호원이 있었지만 저희가 감시하던 때는 경호원 없이 혼자서 움직였습니다. 화린에게 사고가 일어났을 때도 강태수는 방문한 집에서 움직이지 않았습니다."

"그럼, 백야의 인물을 만났다는 것밖에는 유추할 수 있는 것이 없다는 이야기인데."

풍운의 미간이 더욱 좁아졌다. 태백과 외솔은 자신의 임무에 충실했다.

화린의 평소 성격을 알고 있는 풍운이었기에 그녀가 어떻게 행동했는지를 예상할 수 있었다.

더구나 외솔의 말처럼 화린은 충분히 자기 몸을 지킬 수 있는 실력을 갖추고 있었다.

백야의 인물을 만나더라도 말이다.

"이상한 점은 저희가 타고 있는 차량을 그냥 지나쳐 버릴 정도로 당황스러운 모습이었습니다. 마치 누군가에게 쫓기는 듯이 말입니다."

"누군가에게 쫓기듯이 달아났다. 화린이 겁을 먹고 달아났다는 것이야?"

"그건 잘 모르겠습니다. 하지만 평소의 모습과는 너무 달랐습니다. 교통사고가 일어나기 전 화린은 이미 상처를 입고 있었습니다."

"화린을 겁에 질리게 할 정도로 강한 인물이 아직 남아 있단 말인가?"

풍운이 이끄는 척살단은 백야의 인물들을 수십 년간 추적했고, 하나하나 제거해 왔다.

그리고 지금 백야의 인물은 더는 모습을 찾아볼 수 없게 되었다.

"설마, 서울에 백야의 인물이 있겠습니까?"

"아니야. 오히려 도시에 숨어들어 수많은 사람들 사이에 섞여 있으면 찾기 힘들 수도 있겠어. 너희는 당분간 이곳에 머물며 화린을 돌봐라. 난 지금 당장 화 장로님을 만나야겠다."

"그럼, 강태수는 어떡해야 합니까?"

외솔이 풍운에게 물었다. 세 사람이 받은 명령은 강태수의 일거수일투족을 감시하라는 것이었다.

"기다려라. 지금 중요한 것은 화린을 저리 만든 백야의 인물을 찾는 것이다. 요즘 들어 백야의 움직임이 심상치가 않아."

풍운은 몇 달 전 소백산 자락에서 척살단의 대원을 살해한 인물을 추적하고 있었다.

그는 송 관장에게 당한 두 명의 척살단원이 백야의 인물에게 살해당한 것으로 추정했다.

그리고 또다시 흑천에서 두각을 나타내고 있는 화린이 서울에서 당한 것이다.

*　　　*　　　*

모스크바에서 벌어졌던 대산에너지의 고티광구 인수 협상은 결국 룩오일NY Inc의 의도대로 끝이 났다.

고티광구와 장비들의 인수에 2천5백만 달러를 대산에너지에 지급하기로 합의했다.

추가된 5백만 달러는 고티광구의 시설물과 시추 장비 인수금이었다.

대산에너지의 주장처럼 2천만 달러 이상의 값어치가 있는 장비들이었다.

그러나 국내로 들여와도 당장 사용처가 없는 장비들에 대한 운송비와 보관비는 물론, 향후 자원 개발을 진행할 계획이 불투명했기 때문에 손해를 보고서라도 팔 수밖에 없었다.

"계약금으로 1천만 달러를 지급했습니다. 나머지 1천5백만 달러는 올해 말까지 지급하기로 계약했습니다."

룩오일NY의 비서실장인 루슬란의 보고였다. 내가 한국에 머물 때는 한 달에 두 번 직접 한국을 방문해 업무 상황을 보고했다.

"잘됐군. 고티광구의 조사는 이루어지고 있나?"

"예, 대산에너지가 시행하려고 했던 추가 조사가 진행 중입니다."

대산에너지가 진행했던 탐사의 연장 선상이었다. 고티광구에 상당한 자금을 투자했던 대산에너지는 막판에 가장 가능성이 컸던 3—A 지역의 탐사를 중단했다.

이중호가 가장 자신 있어 하던 지역이기도 했다. 더구나 고티광구의 매각 소식을 접한 대산에너지의 현장 직원들 모두가 아쉬움에 무척이나 안타깝게 여겼던 장소이기도 했다.

매각 반대를 위해 현장 직원들은 유전 발견 가능성이 크다는 보고서를 대산그룹 본사에 보냈지만, 그들의 의견은 받아들이지 않았다.

"유전 발견 가능성은 얼마나 되지?"

"55% 이상으로 보고 있습니다."

"상당히 가능성이 있다는 말이군."

"예, 지질 탐사에서도 높은 수치를 기록했습니다. 대산에너지가 저희에게 큰 선물을 준 것 같습니다."

루슬란의 말처럼 유전이 발견된다면 대산에너지는 다 된 밥을 수저로 떠서 넘겨준 꼴이었다.

더구나 고티광구를 넘겨주는 대가로 대산에너지에서 받은 금액이 3억 5천만 달러나 되었기 때문에 룩오일NY Inc는 큰 이익을 본 것이다.

"과도한 욕심이 눈을 가린 결과지. 소빈메디컬의 개원 준비는 잘 되어가고 있나?"

자원 개발은 단기간에 이익을 발생시킬 수 없는 사업이었다. 하지만 이중호가 중심이 되었던 대산에너지는 너무나 근시안적인 눈으로 자원 개발 사업에 임했다.

"예, 다음 달 10일이면 모든 준비를 끝마칠 수 있을 것 같습니다."

세계적인 의료 시설로 자리 잡을 소빈메디컬의 개원이 다음 달로 다가온 것이다.

러시아 최고의 의료 시설이자 병원이 될 소빈메디컬에 러시아는 물론 세계에서 실력과 명망이 두터운 전문의를 초빙했다.

소빈메디컬은 시설은 물론 의료 서비스에서도 최고를 지향할 예정이다.

"서두르지 말고 문제가 없는지 다시 한번 확인하도록 해. 학교 문제는 모두 해결되었나?"

소빈메디컬의 개원과 더불어서 소빈의과대학과 간호대학을 설립할 예정이다.

이를 위해 모스크바시 당국과 협의를 마친 상태다.

"예, 의과대학 설립의 허가는 모두 끝마쳤습니다. 부지 확보도 마무리된 상황입니다."

모스크바시는 소빈메디컬에서 500m 떨어진 곳에 있는

초등학교 부지와 빈 공터를 제공할 예정이다.

더불어서 소빈뱅크는 주변 건물들을 추가로 매입해 대학 부지를 확보했다.

소빈메디컬에 실력이 뛰어나고 우수한 의료인을 지속해서 확보하기 위해서는 자체적인 대학이 필수적이었다.

더구나 소빈메디컬은 모스크바와 함께 상트페테르부르크에도 병원을 설립할 계획을 하고 있었다.

"그럼 곧바로 진행하도록 해. 그리고 코사크의 경호팀을 한국으로 보낼 수 있게 준비해."

"한국 경호팀에 문제가 발생했습니까?"

내 말에 루슬란이 눈이 커지면서 말했다.

"가족들을 보호하기 위해서야. 한국말을 알아들을 수 있는 대원들로 선발하게."

흑천에 대비하려는 조치였다.

코사크에는 고려인 3~4세가 적지 않게 근무했다.

"예, 준비하도록 하겠습니다."

"체첸공화국 코사크 대원들의 훈련 상황은 어떠한가?"

체첸방위군이 해체되면서 전투 경험과 실력이 뛰어난 인물들을 코사크 대원으로 받아들였다.

이는 체첸공화국의 새로운 대통령이 된 콜로레프와의 비밀 협약이기도 했다.

방위군의 해체는 러시아와의 협상에서 가장 우선시되는 것이었다. 그 대가로 체첸공화국은 다른 자치공화국보다 더 많은 경제적 지원을 러시아로부터 끌어냈다.

체첸공화국은 군대를 가질 수 없었고, 현지 치안을 위한 경찰력만을 가질 수 있었다.

하지만 우수한 전투력을 지닌 체첸방위군의 해체는 자칫 체첸 치안에 좋지 않은 영향을 끼칠 수 있었다.

코사크가 흡수하지 못한 병력은 경찰로 채용했지만, 한계가 있었다.

아직 체첸은 이들을 흡수할 수 있는 산업 시설과 충분한 기업을 갖추지 못했다.

이들의 전투력을 러시아에서 기승을 부리는 마피아도 원했기 때문이다.

"현재 야쿠츠크공화국 내 훈련장에 보내져 훈련을 받고 있습니다."

야쿠츠크공화국은 룩오일NY의 영향력이 절대적인 공화국이었다. 야쿠츠크공화국 경제의 70% 이상을 룩오일NY 산하 기업들이 담당하고 있었다.

룩오일NY의 경제 지배력은 해가 갈수록 높아졌고 그에 따른 영향력도 다방면으로 확대되고 있었다.

한마디로 룩오일NY가 없으면 야쿠츠크공화국은 돌아갈

수 없었다.

"얼마나 되지?"

"350명입니다. 나머지 150명은 체첸공화국 내에서 훈련 중입니다."

코사크 대원으로 선발된 500명은 체첸 내 룩오일NY 산하 기업들의 안전과 보안 업무를 담당할 것이다.

하지만 이들의 진짜 목적은 룩오일NY와 닉스홀딩스가 진출한 나라의 분쟁에 투입될 병력이었다.

"대원들의 인식은 많이 바뀌었나?"

"예, 훈련과 더불어서 코사크가 이룩한 업적과 그에 따른 힘을 보여주었습니다."

코사크가 가진 힘과 영향력은 나날이 확대되고 있었다. 러시아의 경찰력이 해내지 못한 일들을 코사크가 해냈기 때문이다.

통제하지 못했던 러시아의 마피아들을 굴복시킨 것이 코사크였다.

러시아의 마피아들은 절대로 코사크의 영역을 침범하지 않았다. 그것은 곧 조직의 붕괴로 이어졌기 때문이다.

"좋아. 코사크 내사팀은 만들어졌나?"

코사크의 덩치가 커지고 영향력이 확대되자, 코사크 대원들의 비리가 하나둘 나타나기 시작했다.

이번 달에도 코사크가 부여한 힘을 악용하여 마피아와 내통하는 거래가 적발되었다.

"벨라프 대표 아래 비밀리에 만들어졌습니다."

크렘린 경호팀장 출신이 벨라프 이반이 코사크의 대표로 있었다.

"인원은?"

"30명으로 보고받았습니다."

"적발된 인물들은 내 허락 없이는 절대로 용서하지 말게."

비리가 적발되면 코사크 퇴사는 물론 재산까지 몰수해 버렸다. 그리고 마피아들도 두려워하는 야쿠츠크공화국에 설치된 교도소로 보냈다.

"예, 알겠습니다."

러시아의 룩오일NY는 완벽한 제국으로 성장해야만 했다.

세력이 커질수록 외부의 영향으로 거대한 제국이 무너지지 않았다.

모두가 내부에서 발생한 문제들이 원인이 되어 붕괴되었다.

*　　*　　*

이틀 후 대산그룹의 이대수 회장에게 전화를 걸어 미르재단에 가입하지 않겠다는 말을 전했다.

이대수 회장은 나의 말에 큰 실망감을 드러냈다.

흑천과 연관이 되어 있는 재단에 속한다는 것은 있을 수 없는 일이었다.

미르재단에 가입하여 정보를 입수하는 것도 생각해 보았지만, 그들이 정한 규칙과 회칙 아래에 머물게 되면 많은 제약이 발생할 수 있었다.

더구나 재단을 통해서 특혜나 혜택을 받은 만큼 나 또한 재단을 위해서 무언가를 내어놓아야만 한다.

나는 밖에서 이들과 싸움을 벌이기로 마음먹었다.

가장 먼저 해야 할 일은 미르재단의 돈줄을 막아버리는 일이다.

겉으로 드러나는 미르재단의 운영비는 얼마나 되지 않았지만, 재단에 속한 기업들이 기부하는 돈은 상당할 것이기 때문이다.

그 돈이 어디로 흘러들어 가는지는 알 수 없지만, 추측은 할 수 있었다.

"음, 나에 대한 관심을 줄이기 위해서라도 당분간은 해외에 나가 있는 것이 좋겠지."

국내에서 처리할 일도 대부분 끝이 났다.

가족들의 안전을 위해서도 그것이 좋겠다는 생각이 들었다.

열 명으로 구성된 코사크 경호팀이 국내로 들어오는 대로 해외 사업장을 돌아볼 예정이다.

가족들의 경호를 위해서 집으로 들어오는 길목의 앞집을 매입하여 경호동으로 사용하기로 했다.

현재 12억 원에 매입한 집은 내부 공사 중이었다.

코사크 경호팀은 내 경호를 맡고 있는 드미트리 김이 이끌기로 했다.

*   *   *

미르재단은 새로운 회원은 대명그룹의 원세영 회장이 되었다.

대명그룹은 일본과 유럽 자금을 끌어들여 공격적인 인수·합병을 통해서 덩치를 불리고 있었다.

작년 하반기부터 올해 상반기에만 4개의 회사를 인수하여 M&A 시장의 큰손으로 떠올랐다.

원세영 회장은 한라그룹의 정태술과 대용그룹의 한문종 회장이 추천했다.

"축하합니다. 미르재단에 많은 힘을 써주십시오."

정태술 회장이 만면에 미소를 지으며 말했다.

"하하하! 정말 감사드립니다. 제가 오늘 크게 한턱내겠습니다."

원세용 회장은 큰 웃음을 토해내며 말했다. 미르재단의 가입은 그가 그토록 바랐던 일이었다.

"하하하! 한턱 갖고 되겠습니까?"

"하하하! 원하는 것이 있으면 다 말씀하십시오."

대용그룹의 한문종 회장의 말에 원세용 회장은 흡족한 표정으로 말했다.

"천천히 생각해 보겠습니다."

정태술 회장은 입가에 미소를 지으며 말했다.

"한데, 이 회장님은 많이 바쁘신가 봅니다."

세 사람과 자주 어울리는 대산그룹의 이대수 회장은 자리를 함께하지 않았다.

"요새 그룹 개편을 진행 중이라고 합니다. 들리는 말로는 대산에너지를 정리한다는 소리가 있습니다."

원세용 회장의 말에 한문종 회장이 답했다.

"아니, 대산에너지는 한창 잘나가고 있는 회사가 아닙니까?"

정태술 회장이 놀란 눈을 하며 물었다. 대산에너지는 대산그룹이 차세대 성장 동력으로 내세웠던 분야의 회사였다.

"글쎄요. 뭔가 사정이 있지 않겠습니까. 저도 자세한 상황은 모르겠지만, 러시아에서 추진했던 사업을 정리한다는 것은 확실합니다."

한문종 회장의 말에 정태술은 입가가 실룩거렸다. 두 사람만 아니라면 통쾌하게 웃고 싶었지만 그럴 수가 없었다.

'그렇게 잘난 체를 하더니⋯⋯.'

"어허! 상당한 투자가 이루어진 일이 아닙니까? 더구나 유전까지 발견했다고 언론에 발표를 했는데, 어쩌다가 그렇게 되었는지."

정태술은 속마음과 달리 걱정스러운 표정으로 말했다.

"언론의 발표와는 조금 다른 부분이 있었던 것 같습니다. 정확한 것인지는 모르겠지만, 러시아의 회사와 매각 협상을 하고 있다고 합니다."

한문종은 자신이 알고 있는 이야기를 전했다.

대용그룹도 에너지 사업을 진행하기 위해서 시장조사를 하고 있었다.

"어허! 그렇게 아들 자랑을 하셨었는데."

한라그룹은 정태술은 안타까운 탄식을 하며 말했다.

이중호가 중심이 되어 벌였던 러시아 자원개발사업에서

큰 성과가 나오자, 이대수 회장은 어딜 가나 아들에 대한 칭찬을 받았었다.

그런 모습이 정태술은 눈꼴사나웠었다.

하지만 지금 통쾌한 마음이 온몸을 사로잡았다.

"자원개발사업이 쉬운 사업이 아니지요. 잘되면 대박이지만 잘못하면 쪽박을 차는 사업이잖습니까?"

"그렇습니다. 들어가는 자금도 만만치가 않습니다. 저희도 사업 검토를 하고 있지만 쉽게 생각할 사업이 아니더군요."

원세용 회장의 말에 한문종 회장이 답했다.

"요새 돈이 될 만한 사업이 한둘이 아닌데 큰돈이 들어가는 사업을 굳이 할 필요가 있겠습니까?"

"저도 정 회장님의 말씀처럼 당장 돈이 될 만한 것에 눈을 돌리고 있습니다. 투자를 해봤자 소용이 없습니다. 돈이 좀 될 만하면 임금을 올려달라고 파업질이나 하는데."

"그래서 한국 놈들은 아직 멀었습니다. 정부가 오냐오냐 받아주니까 인권이니, 노동 권리니 하는 헛소리를 내뱉고 있지 않습니까."

"맞는 말씀입니다. 노동조합의 조합장 놈들은 간이 부었는지 아예 회사를 가르치려고 하니 말입니다."

세 사람은 생각은 같았다.

노동자의 인권과 권리는 전혀 생각하지 않는 기업인들이 었고, 그들을 하나의 부속품으로만 생각하고 있었다.

세 사람이 이야기를 나눌 때 황만수 미르재단 이사장이 도착했다.

"기다리게 해서 죄송합니다. 자, 함께 가시지요."

"아닙니다."

황만수의 말에 세 사람은 자리에서 일어났다.

새롭게 미르재단에 가입한 원세용 회장을 기업 회원들에게 소개하는 자리를 가지기 위해서였다.

기업 회원에는 기업가도 있었지만, 경제학자와 시중 은행장들도 포함되어 있었다.

음지에서 활동하던 미르재단은 점차 양지로 나오려는 움직임을 보였다.

Chapter 9

  소빈메디컬센터의 개원식에 참석하기 위해 러시아로 출발했다.

  러시아에서의 사업은 모든 산업 분야를 아우르고 있었다.

  전체 산업 분야의 기반이 되는 에너지 사업은 물론이고 식품과 유통, 건설, 자동차, 정유, 방송 미디어, 금융, 보석, 보안, 철도, 광물, 제련에 이어서 이제는 의료 사업까지 확대된 것이다.

  러시아에서 진행되는 사업들 모두가 높은 이익률을 보였

고, 시장 지배력은 나날이 높아지고 있었다.

러시아 최고의 기업이 된 룩오일NY는 하나의 거대한 제국으로서 발돋움했다.

룩오일NY와 직간접적으로 연관된 직원들의 숫자는 10만 명이 넘어서고 있었다.

룩오일NY의 막강한 자금력을 바탕으로 한 시장 지배력의 확대는 더욱더 독과점적인 지위로 올라서게 하였다. 한편으로 경쟁력에서 밀린 러시아 기업들은 시장에서 밀려나고 있었다.

러시아의 급격한 시장경제로의 전환은 룩오일NY에게 더욱 날개를 달아주는 상황이었다.

러시아 정부와 지방정부의 지원을 등에 업고 있는 룩오일NY의 영향력은 독립국가연합으로 더욱더 확대되고 있었다.

한마디로 룩오일NY을 통하지 않고서는 러시아의 경제를 말할 수 없을 정도가 되어버렸다.

"프라드코프 연방 총리와 루슈코프 모스크바 시장이 회장님을 뵙길 원하고 있습니다."

함께 전용기에 오른 루슬란 비서실장이 러시아에서의 활동에 대한 일정을 보고했다.

예전과 달라진 위상으로 이제는 내가 먼저 러시아의 정

치인과 정부 관리를 찾지 않았다.

나를 만나기 위해서 먼저 요청이 들어왔고, 일정이 맞지 않으면 만남은 이루어지지 않았다.

"무슨 일 때문이지?"

"매물로 나온 국영기업에 대한 인수 요청 때문입니다. 모스크바시는 도시락마트의 지점 확대를 요청하고 있습니다."

룩오일NY에 대한 국민 여론은 상당히 호의적이었다.

모스크바 방송과 세보드냐 신문사를 통한 깨끗한 기업 이미지 홍보를 지속해서 해오고 있었다.

세련된 룩오일NY의 기업 홍보와 광고는 기존 러시아 기업들의 홍보와는 질적으로 달랐다.

단발적인 광고가 아닌 시리즈로 만들어진 광고들로 인해 기업의 호감도와 브랜드 가치를 더욱 높아지게 만들었다.

이러한 광고 효과는 룩오일NY가 하면 다르다는 인식을 러시아 국민에게 심어주고 있었다.

러시아 정부 또한 룩오일NY에 대한 신뢰가 높아지자 국영기업들의 인수를 먼저 제의해 오고 있었다.

룩오일NY가 나서면 부실한 기업도 시장을 선도하는 기업으로 탈바꿈했기 때문이다.

"인수할 만한 회사가 있나?"

"통신망 회사인 유니파이드시스템과 스비야진베스트 통신사입니다."

스비야진베스트는 국영 통신 지주 회사로 85개 지역 전화 회사를 소유하고 있었고, 49%의 주식을 공개 매각하려고 했다.

기존 계획은 25%는 서방의 통신 관련 업체들에게, 나머지는 24%는 증권투자가들과 일반인에게 매각할 방침이었다.

유니파이드시스템은 러시아 대도시의 통신망을 소유하고 있는 회사다.

러시아는 외국 자본과 함께 러시아 통신망 현대화 사업을 계획하고 있었다. 한국의 통신 회사들도 러시아 통신망 현대화 사업에 참여하기 위해 러시아에 진출하고 있었다.

주요 도시의 전화회선과 이동통신, 그리고 무선 호출기 통신망을 구축하기 위한 사업으로 한국의 통신 회사들은 통신망 건설 및 운영, 전전자교환기와 통신 장비를 공급하고, 러시아는 건물, 토지, 통신관로 등 현물 투자를 진행했다.

이는 부족한 러시아의 자금 때문이었다.

러시아의 주요 도시마다 진행하는 사업에, 일본과 유럽의 통신 회사들도 현지 진출을 위해 사업 타당성을 검토하고 있었다.

"음, 통신 회사를 검토할 시기가 오기는 했지."

러시아 또한 휴대전화기가 서서히 보급되고 있었다. 내년이 되면 선진국 통신 회사와 통신기기 업체들이 러시아 시장을 적극적으로 공략할 것이다.

현재 휴대전화 서비스가 가능한 지역은 모스크바, 상트페테르부르크 등 대도시이다.

러시아는 모스크바셀룰러통신, 부이프페르르콤, MTS 등 3개 회사가 서비스를 제공하고 있었다.

93년부터 휴대전화 서비스를 시작한 부이프페르콤은 가입자 수가 2만 4천 명으로 가장 큰 서비스 업체였다.

현재 부이프페르콤과 블루오션은 무선호출기 공급 계약을 체결하기 위한 협상을 벌이고 있었다.

한편으로 룩오일NY가 인수 타진을 하고 있는 회사이기도 했다.

"이전에 말씀드린 부이프페르콤은 2억 달러를 요구하고 있습니다."

룩오일NY가 제시한 금액은 미화로 1억 달러였다. 회사의 값어치로는 충분한 금액이었다.

"후후! 기고만장하군. 1억 달러를 받아들이지 않는다면 우리가 회사를 만든다고 해."

룩오일NY가 나서면 휴대전화 서비스 시장은 새롭게 재편될 것이다.

룩오일NY가 하면 다르다는 인식이 러시아에 서서히 자리 잡고 있었다.

"알겠습니다. 나머지 인수 건은 어떻게 할까요?"

"모두 진행해. 앞으로의 시대는 통신이 좌지우지하는 시대이니까."

"지시대로 진행하겠습니다. 프라드코프 총리와의 만남은 이틀 뒤로 잡아놓겠습니다."

루슬란의 말에 고개를 끄덕였다.

이제는 총리의 일정보다 나의 일정이 우선이었다. 다른 인물들이라면 꿈도 못 꾸는 일이었다.

모스크바 공항에서도 달라진 위상은 여지없이 드러났다. 내가 탄 전용기는 공항에 착륙하는 다른 비행기보다도 랜딩기어(착륙장치)를 먼저 내릴 수 있었다.

정치 관료들과 고위급 외교관이 이용할 수 있는 전용 통로를 통해서 입국하는 나를 반기는 이들은 룩오일NY 산하의 대표들이었다.

그들 속에 나와 약속을 잡지 못한 루슈코프 모스크바 시장의 모습이 보였다. 또한 나의 일을 적극적으로 돕고 있는 러시아 의원들도 눈에 띄었다.

이들 또한 나에게 눈도장을 찍기 위해서 공항에 대기하고 있었다.

그중에 공산당의 실세로 불리는 빠블로프 공산당 최고의원도 눈에 들어왔다. 그는 한때 모스크바 방송 인수를 방해했던 인물이었지만, 이제는 나를 열렬히 지지하는 인물로 바뀌었다.

러시아 공산당은 어려운 경제 여건과 혼란스러움으로 인해 다시금 부상하고 있었다.

이런 모습은 마치 외국을 방문하고 돌아오는 국가원수를 맞이하는 광경 같았다.

"하하하! 바쁘신데 공항까지 나와주셔서 감사합니다."

"아닙니다. 당연히 회장님의 귀국을 환영해야지요. 언제든지 저를 필요로 하시면 호출해 주십시오. 만사를 제쳐놓고 달려가겠습니다."

내 손을 잡으며 말하는 빠블로프의 말에 함께한 인물들은 놀라는 표정이 역력했다.

그는 옐친 대통령에게도 고개를 뻣뻣이 세우는 인물이었기 때문이다.

"도움을 주시는 것에 항상 감사한 마음을 가지고 있습니다."

빠블로프를 필두로 일곱 명의 국가 두마(국회) 의원들과도 반갑게 인사를 나누었다.

"바쁘신 것 같아서 공항에 나왔습니다."

루슈코프 모스크바 시장은 공항에 나와 있는 정치인들의 면면을 살피고는 내심 놀라는 눈치였다.

"아, 예. 요즘 제가 일이 넘쳐납니다. 오늘 중으로 시장님과의 약속을 잡도록 지시하겠습니다."

"감사합니다. 모스크바시에서 관리하는 건물 중에서 몇 개를 매각하려고 합니다. 필요하신 건물이 있으시면 말씀해 주십시오."

모스크바시는 핵심 요지에 적지 않은 건물과 토지를 소유하고 있었다.

"하하! 생각해 주셔서 감사합니다. 이렇게 공항에 직접 나와주셨으니 선물을 드려야겠습니다. 모스크바시가 요청하는 도시락마트의 지점 확대를 적극적으로 검토하라고 지시하겠습니다."

내 말에 빠블로프의 표정이 확 바뀌었다.

모스크바의 물가 상승률은 살인적이었다.

러시아에서 가격 자율화가 시행된 이후부터 근로자의 임금인상률은 물가상승률을 도저히 따라가지 못했다.

이러한 현상은 대도시가 특히 심했고, 모스크바가 그 대표적인 도시였다.

도시락마트는 다른 판매장보다도 상대적으로 물건값이 저렴했고, 판매되는 제품 수량도 러시아에서 제일 많았다.

모스크바 시민들은 식료품과 소비 물품을 저렴하게 구매하기 위해 모스크바시 당국에 도시락마트 확대 유치를 강력하게 요청했다.

"하하하! 정말 감사드립니다. 지점 확대에 필요한 모든 상황을 적극적으로 돕겠습니다."

빠블로프 시장은 내 말에 호쾌하게 웃으며 말했다.

이제는 내가 원해서 러시아 관료들과 정치인에게 요구하는 것이 아니었다.

그들이 먼저 내가 원하는 것을 가져왔고, 자신들이 필요로 하는 것을 나에게 요청했다.

*　　　*　　　*

스베르에 위치한 집무실 책상 위에는 내가 결재할 서류들이 놓여 있었다.

중요한 결재 건들은 루슬란 비서실장이 한국에 올 때마다 처리했다. 하지만 연일 변화하는 러시아에서는 처리해야 할 일들이 새롭게 늘 생겨났다.

"후! 이젠 어딜 가든 똑같아."

룩오일NY 산하 계열사들에 상당한 권한을 주었지만, 계열사 대표들이 처리 못 하는 일들도 회사가 커지면서 늘어나고 있었다.

시장경제체제로의 전환으로 러시아의 경제 성장률은 중국 못지않았다. 그중에서도 룩오일NY 산하 회사들의 성장률은 러시아 내에서 최고였다.

시간이 지날수록 해마다 성장률은 높아졌고, 그에 따른 이익률도 가파르게 상승했다.

룩오일NY에 속한 기업들은 러시아 기업들이 가지지 못한 디테일과 자유스러움을 지니고 있었다.

그 두 가지를 추가하기 위해서 상당한 자금을 투자하여 직원들을 교육했고, 회사의 환경 또한 바꾸었다.

직원들에 대한 교육은 단발성으로 그치는 교육이 아닌 체계적이고 구체적인 목표를 부여한 교육이었다.

회사의 교육을 이수하지 못한 직원들은 자연스럽게 도태되었다.

러시아의 어려운 경제 환경에서 살아남기 위해서 직원들은 자기계발을 할 수밖에 없었고, 룩오일NY는 이를 적극적으로 지원했다.

"후후! 올 때마다 주변이 달라지니."

집무실에 바라보는 스베르타운은 변화의 연속이었다.

새롭게 올라가는 빌딩과 기존 건물들을 리모델링한 건물들이 조화롭게 어우러지고 있었다.

룩오일NY 계열사들이 모여 있는 일곱 개의 건물들 외에도 2개의 빌딩이 새롭게 올라가고 있었다.

해마다 늘어나는 계열사들을 감당하기 위해서는 새로운 건물들이 필요했다.

스베르에서 정면으로 보이는 광장에는 수많은 사람들이 오고 가고 있었다.

스베르타운이 형성되면서 룩오일NY와 연계된 회사들과 거래처들도 스베르타운 주변으로 몰려들었다.

회사들이 많아지자 그에 따른 부대시설들과 은행들도 덩달아 늘어났다.

더구나 코사크 본사가 있는 스베르타운은 러시아에서 제일 안전한 지역으로 손꼽았다.

그 때문인지 어느 순간부터 스베르타운 일대는 소빈뱅크를 필두로 한 금융 관련 회사들이 즐비하게 들어서고 있었다.

외국계 은행과 증권사는 물론이고, 러시아계 은행들의 본사들도 앞다투어 스베르타운 주변으로 모여들었다.

세계 금융의 중심인 뉴욕의 월스트리트처럼 러시아의 금융 중심지가 스베르타운으로 바뀌고 있었다.

그 때문에 주변 부동산 가격도 덩달아 올라갔다.

그런 변화를 바라보고 있을 때 인터폰이 울렸다.

―도시락의 이준서 지사장이 도착했습니다.

"들어오라고 해."

―예.

회의 탁자로 걸어가 앉자마자 집무실의 문이 열리며 비서와 이준서 지사장이 들어왔다.

러시아와 독립국가연합을 책임지고 있는 인물이었다.

도시락은 현재 러시아에서 2천7백 명의 직원을 거느리고 있었다.

"찾으셨습니까?"

이준서 지사장은 자리에 앉기 전 나에게 깍듯하게 인사를 건넸다.

"예, 앉으세요."

"차는 어떤 거로 준비할까요?"

비서가 이준서를 안내하고는 내게 물었다.

"난 늘 먹던 거로. 지사장님은요?"

나는 러시아에서 나오는 차가버섯 차를 애용하고 있었다.

"저는 커피로 주십시오."

"예, 준비하겠습니다."

모델을 연상하는 몸매에 금발의 여비서인 제냐는 모스크

바대를 나온 재원이었다. 또한 격투술과 사격 솜씨도 무척이나 뛰어난 아가씨였다.

그녀의 몸 어딘가에는 특수부대에서 사용하는 권총을 장착하고 있을 것이다.

회장 집무실로 들어오기 전에 거쳐야 하는 비서실은 3개의 방으로 나누어져 있었고 72명이 근무했다.

그중 30%는 제냐와 같이 사격술과 격투술을 익힌 인물이었다.

비서가 차와 커피를 내오자 곧바로 업무와 관련된 이야기를 나누었다.

"회사는 어떻습니까?"

"정신없이 돌아가고 있습니다. 공장에서 본격적인 생산에 들어가자마자 주문량이 덩달아 폭발적으로 늘어났습니다. 원활하지 않은 식량 사정이 영향을 준 것 같습니다."

도시락 라면은 늘 생산보다 판매량이 월등히 앞서갔다.

작년과 올해, 러시아의 식량 사정이 좋지 않자 도시락 라면을 찾는 러시아인들이 그만큼 늘어난 결과였다.

도시락 라면은 저렴한 가격으로 한 끼를 해결할 수 있었다.

"러시아의 불행이 도시락에는 큰 이익을 준다는 것이 아이러니한 일입니다."

식량 사정의 악화는 러시아의 식량 생산에 40%를 차지하는 사라토브 지역에 극심한 가뭄이 들었기 때문이다. 한편으로 구소련의 식량 공급기지 역할을 담당했던 우즈베키스탄 곡창지대의 밀 농사가 올해도 흉작이었다.

"예, 그나마 도시 지역은 러시아 정부가 신경을 쓰고 있지만, 지방의 소도시는 생필품과 식량 사정이 심각하다고 들었습니다."

"그렇지 않아도 어제 모스크바 시장인 빠블로프에게서 도시락마트의 지점을 확대해 달라는 요청을 받았습니다. 도시락마트가 모스크바에 몇 개나 개설되었습니까?"

"현재 다섯 개의 지점이 운영되고 있습니다."

"혹시, 한두 달 안에 세 개 정도 더 지점을 낼 수 있겠습니까?"

"지점을 낼 수 있을 정도의 건물이 확보된 지역은 율라피나뿐입니다. 대형 슈퍼마켓 정도의 크기라면 모르겠지만, 도시락마트는 준비할 것이 적지 않아서 말입니다."

이준서 지사장의 말처럼 도시락마트는 일반적인 생필품은 물론이고 식료품과 가전제품, 의류 제품까지 다양한 품목을 판매하고 있었다.

"그럼, 건물만 있으면 가능합니까?"

"건물이 있어도 최소한 3개월은 준비가 필요합니다."

"음, 그럼 마트의 숫자를 줄여야겠네요. 우선 2개만 더 지점을 확대하시지요. 모스크바시에서 관리하는 건물들을 저희에게 우선적으로 매각하기로 했습니다. 그 건물을 이용하면 가능할 것 같은데요?"

"2개 정도면 가능할 수 있을 것입니다."

도시락마트의 건설과 인테리어는 노바닉스E&C가 선담으로 맡고 있었다.

내부 시설과 인테리어는 모두 규격화되어 있어 빠르게 공사를 진행할 수 있었다.

"모스크바시에 연락해 놓을 테니까, 담당자를 만나 건물을 확정 지으십시오."

"예, 바로 진행하겠습니다."

도시락마트의 지점 확대는 생각지도 못한 모스크바시 당국의 요청으로 예상보다 빠르게 진행되었다.

더구나 모스크바시에서 소유하고 있던 건물들 대다수가 중심 지역에 위치해 있었다.

큰 자금을 들이지 않고서 상권이 형성된 중심 지역에 도시락마트를 개설하는 것이었다.

이준서 지사장이 집무실에서 나간 후 노바닉스E&C에 최우선으로 도시락마트를 지원하라는 지시를 내렸다.

도시락마트의 확장은 식품 사업과 유통 사업의 확장으로 이어지는 일이었다.

                    *   *   *

　마케도니아의 코차니에 위치한 한 저택을 향해 한 무리의 인물들이 움직이고 있었다.

　어둠 속에서 신속하게 움직이는 인물들은 러시아 마피아 조직인 말르노프에 속한 인물들이었다.

　이들은 마케도니아 코차니를 차지하고 있는 야디스 조직의 간부들이 모인 장소를 습격하기 위해 고양이처럼 조심스럽게 움직였다.

　야디스 조직은 마케도니아의 중부 지역을 장악하고 있었다.

　야디스 조직은 이탈리아 4대 마피아 조직 중 하나인 카모라와 연계된 조직이기도 했다.

　나폴리의 카모라는 담배 밀수와 마약 거래로 성장한 조직이다.

　카모라는 전통적인 범죄인 협박, 살인, 갈취, 마약 거래 등에서 벗어나 점차 식품, 건설, 패션, 스포츠, 관광에 이르는 경제 전반과 지방 정부, 이탈리아 정계까지 영향력을 미치고 있었다.

　이들과의 전쟁으로 이탈리아의 판사와 검사, 그리고 경찰들이 해마다 보복 암살당했다.

말르노프의 전투원들인 레프(사자)에 속한 멤버들은 전투 경험이 풍부했다.

레프는 체첸 마피아와의 전쟁과 모스크바를 장악할 때에도 혁혁한 공을 세운 전투 집단이었다.

35명의 레프들은 자신들을 돕고 있는 아스놈 조직원의 안내를 받고 있었다.

아스놈은 마케도니아 동부 산악 지대에 있는 소도시인 델체보를 장악하고 있는 조직이었다.

델체보는 1만 2천 명이 살고 있었다.

넓은 잔디와 분수까지 설치된 고급 저택 주변으로는 수십 명의 인물이 자동소총을 들고 삼엄한 경비를 서고 있었다.

오늘 이곳에서 야디스와 카모라 핵심 조직원들이 회담을 갖고 있었다.

두 조직은 거침없이 동유럽으로 세력을 확장하고 있는 러시아 마피아 조직에 대한 대응 방법을 모색하기 위해 모였다.

동유럽으로 물밀 듯 들어오는 조직은 샤샤의 말르노프와 게오르기가 이끄는 라리오노프 조직이었다.

두 조직 모두 표도르 강의 영향력 아래에 놓여 있었다.

한편으로 러시아의 주요 도시에서 밀려난 체첸 마피아도 동유럽 진출에 가세하고 있었다.

이는 러시아 내의 주요 마피아 조직 간의 세력 다툼이 마무리 단계에 들어간 영향 때문이기도 했다.

"앞쪽에 열 명, 뒤쪽에 다섯."

앞쪽에 자리를 잡은 레프 멤버가 손가락을 펴 숫자를 뒤쪽의 인물에게 알렸다.

"내부에 있는 인물들은 어떻게 할까요?"

검은 복면을 뒤집어쓴 인물이 복면 위로 검은 베레모를 쓴 인물에게 물었다.

"그냥 날려 버려."

"알겠습니다."

말르노프의 레프는 대전차 미사일까지 준비해 왔다.

"시작해!"

검은 베레모의 말이 떨어지자마자, 저택으로 들어가는 정문으로 승용차 한 대가 쏜살같이 달려들었다.

경비를 서고 있던 인물들의 제지에도 아랑곳하지 않고서 정원까지 난입하자 경비원들이 총을 난사하기 시작했다.

타타다탕! 타다탕탕!

승용차는 결국 분수대를 들이박고서 멈춰 섰다.

차 안에 타고 있던 인물 또한 날아온 총알에 벌집이 되어 운전대 앞으로 꼬꾸라졌다.

승용차를 운전한 인물은 며칠 전 행방불명된 야디스의

조직원이었다.

그의 몸은 의자에 묶여 있었고, 그의 발은 액셀러레이터에 고정되어 있었다.

차 안에 타고 있던 인물을 살펴보기 위해 경비원들이 모여드는 순간이었다.

콰쾅!

차량 안에 설치된 폭탄이 터지면서 근처에 있던 경비원들도 화염에 휩싸여 버렸다.

폭발음을 신호로 해서 수십 명의 인물들이 자동소총을 난사하며 저택의 정원으로 난입하기 시작했다.

* * *

탁!

멋진 슈트를 차려입은 인물이 탁자를 세게 내려쳤다. 40대 초반으로 보이는 인물의 얼굴은 분노로 심하게 일그러져 있었다.

"러시아 놈들이 단단히 미쳤어!"

분노의 고함을 내뱉은 인물은 카모라의 보스인 파스칼레였다.

마케도니아의 코차니에서 카모라 조직의 이인자인 콘실

리에리가 사망했다. 콘실리에리는 패밀리의 이인자를 가리키는 말이었다.

카모라와 러시아 마피아는 사이가 나쁘지 않았었다. 이탈리아의 마피아들은 러시아 마피아를 통해서 상당한 무기를 사들였기 때문이다.

하지만 어느 순간부터 러시아 마피아의 세력 확장으로 인해 불똥이 튀고 있었다.

"알바니아의 두러스에 있는 창고도 당했습니다."

알바니아의 두러스 항구에 있는 보관 창고에는 카모라가 이탈리아로 밀수하는 담배와 주류를 보관하고 있었다.

이탈리아는 세금 없이 거래되는 지하경제 규모가 GDP의 12%나 되었다.

"도대체 어떤 놈들이 벌인 일이냐?"

"아직 파악 중입니다. 파토리노에 속한 핑거맨을 풀었습니다. 조만간 놈들을 알아낼 수 있을 것입니다."

파토리노는 카모라에 대항하거나 방해되는 인물들을 죽이기 위해 조직된 그룹이었다. 파토리노에 속한 핑거맨은 정보를 전문적으로 수집했다.

러시아 내 마피아 조직은 한둘이 아니었다. 정확하게 카모라를 공격한 조직을 찾아야만 했다.

카모라가 큰 조직이었지만 러시아 마피아 전체와 싸움을

벌일 수는 없었다.

"두러스는 절대 포기할 수 없어."

카모라의 주 수입원인 담배와 주류 밀수 주 루트가 두러스 항구였다. 파스칼레의 말처럼 두러스를 잃으면 카모라 수입의 35%가 날아간다.

"저희 혼자서 감당할 수 없을 시에는 소시에타를 열기 위한 어셈블레어 또한 검토해야 합니다."

소시에타는 이탈리아의 4대 마피아가 임시로 하나가 되는 연합 회사였다.

각자의 조직이 중대한 위기에 봉착했을 때에 주주총회처럼 어셈블레어(집회)를 소집할 수 있었다.

하지만 어셈블레어를 요청한 조직은 그에 따른 대가를 다른 조직에게 내어놓아야만 했다.

이는 3개 조직의 힘을 빌리는 조건이었다.

"음, 어셈블레어라……."

언더보스(부두목)인 미켈레의 말에 보스 파스칼레의 미간의 골이 깊어졌다.

러시아 마피아의 파상 공세가 심상치 않았기 때문이다.

Chapter 10

　모스크바에 도착한 지 3일째 되는 날 말르노프를 이끄는 샤샤가 날 찾아왔다.

　"루마니아와 불가리아에는 안정적으로 말르노프가 자리 잡았습니다. 현재 마케도니아와 알바니아를 공략하고 있습니다."

　말르노프는 루마니아와 불가리아 등, 남동부 유럽을 장악하기 위해 힘을 쏟고 있었다.

　그와 반대로 게오르기가 이끄는 라리오노프는 벨로루시와 폴란드 등 북동부 유럽 쪽으로 진출했다.

이들 조직은 합작 사업 등과 같은 회유를 통해 현지 조직을 흡수하거나 압도적인 힘으로 제압하는 방식을 선택했다.

자금력과 통합된 힘을 바탕으로 당근과 채찍을 골고루 써가면서 세력을 확장해 나갔다.

러시아의 마피아와 달리 동유럽 범죄 조직들의 세력은 아직 탄탄한 기반을 갖추지 못하고 있었다.

"저항이 미비한가 보지?"

"저희가 예상했던 것만큼은 아니었습니다. 일정 규모의 세력을 갖추기 전이었기 때문에 저항도 강하지 않았던 것 같습니다."

샤샤는 나의 허락이 떨어지자 모스크바를 이른 시일 안에 접수해 버렸다.

모스크바를 완전히 장악하자 말르노프 조직은 더욱 안정되었고 자금도 풍부해졌다.

이를 바탕으로 군소 세력들이 다투고 있는 동유럽 국가들의 범죄 조직들을 손쉽게 제압하거나 흡수할 수 있었다.

말르노프는 각각의 조직이 서로가 하나가 되어 대항하지 못하도록 조직들을 늘 분열하게 만드는 전략을 사용했다.

"후후! 말르노프를 상대할 만한 조직이 동유럽에는 없겠지."

말르노프는 모스크바뿐만 아니라 러시아의 서부 지역에 있는 도시들을 대부분 장악했다.

각 도시에 존재했던 군소 조직들은 말르노프의 영향력 아래로 들어왔다.

"현재는 미케도니아와 알바니아에 진출한 이탈리아 마피아들과의 싸움이 시작되었습니다. 하지만 그들도 저희의 적수는 안 될 것입니다."

샤샤는 자신감을 드러냈다.

이탈리아 마피아들은 러시아 마피아들의 무자비함을 따라오지 못했다.

국내에서는 공포의 존재였지만 이탈리아를 벗어나면 전투력의 차이는 확연히 드러났다.

러시아제 무기들로 무장한 말르노프는 중기관총과 대전차 미사일까지 동원하여 전투를 벌였다.

자동소총과 권총으로 무장한 이탈리아 마피아들과는 차원이 달랐다.

"조직 간의 전투력은 이탈리아 마피아가 밀릴지 몰라도 보스와 중간 간부를 노리는 히트맨의 활약은 조심해야 할 거야."

이탈리아 마피아들은 전통적으로 몸을 움직이는 머리를 노렸다. 암살자를 통한 조직의 핵심 구성원들을 제거하는 것이 효율적이었기 때문이다.

"무리하지 않는 범위에서 움직이고 있습니다. 만약 그러한 일이 발생하면 놈들의 거주지는 쑥대밭이 될 것입니다."

샤샤의 말은 틀린 말이 아니었다.

러시아의 무기들을 거래하는 불법 암거래 시장에서 상당한 힘을 발휘하고 있는 말르노프 조직이었기 때문에 공격헬기를 동원해서라도 복수를 할 것이다.

"해당 국가의 정부가 발 벗고 나서게 될 정도의 일을 크게 벌이면 오히려 조직의 힘은 축소될 수 있어. 어쩔 수 없는 무력 충돌이라도 최대한 전투를 줄일 수 있게 노력해. 무력 충돌은 자칫 불필요한 민간인들의 희생을 요구하게 되니까."

말르노프는 내 영향력 아래에 있지만 내가 그들을 이끄는 것은 아니었다.

또한 그들의 힘을 억압하거나 제압하려고 들면 나 또한 큰 희생을 치러야만 했다.

지금 외부로 돌려진 마피아의 힘을 막으며 한다면 그 힘은 다시 러시아로 돌아올 수 있었다.

나 혼자서 러시아 마피아들의 활동을 막을 수는 없었다.

"회장님께서 우려하시는 점을 최대한 고려해서 움직이겠습니다. 저 또한 민간인에게까지 피해를 주고 싶은 마음은 없습니다."

샤샤는 나를 만나면서 조직 관리와 자금 운용에 대한 것을 배웠다. 자신의 가족들이 라이벌 조직의 위험에서 벗어나는 순간부터 샤샤의 생각도 달라졌다.

샤샤와 그의 가족들은 러시아에서 가장 안전한 룩오일 NY맨션에서 거주하기 때문이다.

나의 일을 돕는 샤샤가 러시아에 머무는 한 그의 안전은 보장되고 있었다.

"그 생각이 변함없다면 러시아를 벗어난 조직의 확대는 이전처럼 관여하지 않겠다."

샤샤는 조직 관리에 뛰어난 인물이었다. 부하들도 그를 두려워하면서 존경했다.

샤샤는 자신을 따르는 부하들에게 인색하지 않았기 때문이다.

샤샤가 현재의 자리에 머무는 것이 나에게도 큰 도움이 되었다. 그가 사라지면 다시금 코사크는 마피아와의 전쟁을 치러야만 한다.

"감사합니다, 실망하게 해드리지 않겠습니다."

오늘 샤샤가 나에게 가져온 것은 루마니아와 불가리아에서 가장 큰 배송업체였다.

둘 다 각 나라의 범죄 조직과 연관된 업체들이었다.

샤샤의 이러한 도움은 배송업체인 부란의 동유럽 진출에
날개를 달아주고 있었다.

*   *   *

소빈메디컬센터의 개원식이 열리는 날, 러시아의 정치인
과 정부 관리들은 물론 러시아 경제를 주름잡는 인물들도
소빈메디컬센터의 개원식에 대거 참석했다.

러시아에도 세계 최고의 시설을 갖춘 병원이 들어서는
날이었다.

최신식 시설에 맞게끔 환자를 돌보는 의사들도 최고 실
력을 갖춘 인재들과 명망 있는 인물들을 영입했다.

간호사들을 비롯한 직원들도 사전 교육을 통해서 환자를
대하는 서비스 교육을 받았다.

이러한 교육은 단발성으로 그치지 않았고 체계적인 교육
시스템으로 자리를 잡게 했다.

이러한 교육은 소빈메디컬을 새로운 브랜드로 만들려는
조치였다.

지금까지 러시아에 존재하지 않았던 병원의 탄생이었다.

한편으로 의사와 간호사들도 과중한 진료를 하지 않게
충분한 휴식과 학문 연구를 지속할 수 있는 시스템을 갖추

었다.

또한 의사와 간호사, 그리고 직원들에게 제공되는 급여와 복지 제도도 러시아 내에서 최고였다.

직원들에 대한 지원은 유럽과 한국, 그리고 일본과 비교해도 전혀 뒤떨어지지 않았고, 일정 부분에서는 더 앞섰다.

모스크바 방송을 비롯한 러시아의 방송사들도 소빈메디컬 개원에 대한 취재를 앞다투어 진행하고 있었다.

개원식은 소빈메디컬 본관 앞쪽의 넓은 잔디밭에서 펼쳐졌다.

"러시아 의료 사업의 발전과 질병 연구를 위해서 개원한 소빈메디컬센터는 국민들의 의료에 대한……."

소빈메디컬 개원식의 축사를 맡은 인물은 프라드코프 연방 총리였다.

축사가 끝나고 개원식 테이프 커팅식을 마친 후 소빈메디컬센터을 찾은 수많은 인사들은 병원 시설을 둘러보았다.

러시아와 다른 의료 시설과 최신 의료 장비들을 바라보는 인물들의 표정에는 놀라움과 감탄사가 연속해서 터져나왔다.

"하하하! 정말 놀랍습니다. 이런 시설과 의료 시스템은 의료 선진국이라고 불리는 스위스와 프랑스에서도 쉽게 볼 수 없을 것입니다."

프라드코프 총리의 얼굴에는 만족스러운 웃음이 가득했다.

"이제는 질병 치료를 위해서 외국을 방문하지 않아도 될 것입니다."

러시아의 의료 수준은 낮지 않았다. 그러나 치료를 위한 의료 장비와 시설. 그리고 의약품 공급이 서방 국가와 비교하면 한참 뒤떨어졌다.

더구나 경제적인 어려움에 부닥쳐 있는 지금, 투자의 우선순위에서도 밀려나고 있었다.

이러한 현실 때문에 부유층들은 대부분 서유럽이나 일본, 그리고 미국으로 건너가 질병을 치료했다.

한국에도 올해부터 적지 않은 러시아인들이 질병을 치료하기 위해 방문하기 시작했다.

"하하하! 강 회장님 덕분에 제대로 된 치료를 받을 수 있겠습니다."

프라드코프 총리 옆에서 의료 시스템에 대한 설명을 듣고 있던 콜세브 내무부 장관 또한 웃으면서 말했다.

병원 건설 비용과 최신 의료 장비 설치에 들어간 비용은 총 2억 2천만 달러였다.

계획했던 것보다 2천만 달러가 추가로 소요되었다. 환자를 병간호하는 환자 가족들을 위한 편의 시설에 대한 투자가 추가된 것이다.

"예, 소빈메티컬에서는 지금까지와는 전혀 다른 의료 서비스를 제공할 것입니다. 또한 질병연구센터를 통해서 불치병에 대한 치료 방법도 꾸준히 연구되고 개발될 것입니다."

병원과 별도로 세워진 질병연구센터에서는 치료가 쉽지 않은 질병들에 대한 연구가 진행될 것이다.

한편으로 선진 의료 시설을 갖춘 각 나라의 병원들과 질병센터와의 연계를 통해 치료 방법에 대한 공동 연구도 진행될 예정이다.

"회장님께서 러시아를 아끼고 투자하시는 만큼 저 또한 강 회장님이 벌이시는 사업을 적극적으로 후원하겠습니다."

프라드코프 총리는 많은 사람들이 함께하는 자리에서 날 돕겠다는 발언을 서슴없이 했다.

그도 그럴 것이 다른 러시아 기업들은 돈이 우선되는 사업에만 몰두하고 있었다.

종합병원과 질병 연구소 설립 같은 공익적인 사업에는 돈을 전혀 사용하지 않고 있었다.

소빈메디컬센터 설립의 목적은 기업 이미지 제고와 장기

적인 수익 창출 때문이었다.

소빈메디컬센터를 통해 닉스제약에서 만들어진 신약들이 실험되고 사용될 것이기 때문이다.

신약 개발에 한 발짝 앞서가기 위해서는 신약을 제조할 수 있게끔 하는 통계 데이터와 자료들이 필요하다.

소빈메디컬은 수많은 질병 치료 중에 발생하는 중요한 자료와 증상들을 닉스제약에 제공할 것이다.

신약 개발 사업은 닉스홀딩스와 룩오일NY의 차세대 먹거리이기도 하기 때문이다.

"감사합니다. 내후년에는 상트페테르부르크에도 소빈메티컬센터를 지을 예정입니다."

"하하하! 역시, 회장님과 룩오일NY는 러시아의 축복입니다."

프라드코프 총리는 얼굴 만면에 큰 웃음을 지으며 말했다.

러시아 정부에서 할 수 없는 일들을 룩오일NY는 진행하고 있었다.

모스크바 트레티야코프 미술관 동쪽에 있는 10만㎡(3만평) 부지에 지어진 소빈메디컬에는 뇌센터와 임상시험센터, 간센터, 장기이식센터, 희귀질환센터, 질병연구센터와 함께 소빈생명과학연구소를 통하여 기초의학 연구와 임상 연구를 진행한다.

소빈생명과학연구소는 새롭게 짓고 있는 소빈의과대학과 연계하여 기초의학 연구에 매진할 계획이다.

여기서 얻어지는 연구 자료들과 임상 실험 자료들은 모두 닉스제약에 제공될 예정이다.

이를 위해서 닉스제약은 소빈생명과학연구소에 5백만 달러를 투자했다.

1,850개의 입원 병상 중 450개는 외국인 전용 병상으로 사용할 예정이다.

처음 계획보다 오십여 개를 줄여서 어린이 병상을 더 늘렸다.

모스크바에는 아직 어린이 전용 병원이 없었다. 소빈메디컬의 개원으로 인해 전문적으로 어린이 질병을 치료하는 전문 센터가 마련된 것이다.

개원식이 진행된 다음 날부터 환자들이 몰려들었다.

단 하루 만에 천 개의 병상에 환자들이 입원했고, 외국인 전용 병상도 절반이나 찼다.

특히나 러시아에 거주하는 외교관들과 러시아에 진출한 현지 기업의 상사주재원들이 소빈메디컬을 찾았다.

외국인 전용 병원이 없었던 모스크바에서는 병원에 가기

가 쉽지 않았다.

외국인 전용 병원은 영어를 사용할 줄 아는 의사와 간호사가 근무했다. 또한 독일어, 일본어, 프랑스어 등을 할 줄 아는 직원이 배치되어 있었다.

소빈메디컬이 개원하자 한국에 있는 닉스제약의 매출이 2배 이상 늘었다.

본격적으로 환자들이 더 많이 병원을 찾게 되면 닉스제약의 매출은 더욱 늘어날 것이다.

룩오일NY와 닉스홀딩스는 서로를 돕고 있었다.

내후년 말, 한국과 러시아에 닥칠 경제적 어려움을 극복하기 위해서 두 그룹의 유기적인 협조가 더욱 필요한 시기였다.

세계의 패권을 놓고 미국과 다투던 거대한 러시아도, 아시아의 4마리의 용이라 불리던 경제 신흥국 한국도 외환 위기 앞에서는 버텨낼 재간이 없게 된다.

하지만 두 나라에 불어닥칠 IMF 외환 위기는 오히려 나에겐 큰 기회이자 닉스홀딩스와 룩오일NY가 더욱더 성장할 수 있는 발판이 될 것이다.

*   *   *

러시아의 도시 중 인구수 백만 명이 넘어서는 13개의 도시마다 코사크가 모두 자리를 잡았다.

코사크가 진출한 도시마다 범죄율은 떨어졌고, 치안이 한결 좋아졌다.

예산 문제로 경찰력을 증원하는 데에 한계가 있던 러시아 정부는 코사크의 활약에 찬사를 보냈고 시민들도 크게 환영했다.

경찰을 우습게 생각하는 러시아 마피아들도 코사크와 대결하길 원치 않았다.

몇몇 도시에서 코사크 대원들을 습격했던 마피아 조직들이 있었지만, 그들 모두 단 하루 만에 철저하게 괴멸되었다.

또한 코사크에 맞섰던 마피아들이 소유한 사업체와 자금까지 압수되는 상황에 놓이자 마피아들은 코사크를 피할 수밖에 없었다.

더구나 그들의 빈자리는 표도르 강의 영향력 아래에 있는 말르노프와 라리오노프, 그리고 극동의 캅카스가 차지했다.

이러한 세 조직의 세력 확장은 점차 코사크에 대항할 수 있는 마피아 조직들을 사라지게 하였다.

코사크의 활동에 제동을 걸려고 했던 공산당도 떨어지는

범죄율과 기업들의 요구에 목소리를 낮추었다.

더구나 공산당 최고 위원이자 부당수인 빠블로프가 당내 영향력이 확대되자 룩오일NY의 산하 기업에 대한 공산당의 견제가 현저하게 줄었다.

빠블로프의 활동을 뒷받침하기 위해서 소빈뱅크는 25만 달러를 지원했다. 빠블로프는 이 돈으로 자신을 지지하는 의원들을 관리했다.

러시아의 국회의원들과 정부관리 등 룩오일NY에서 관리하는 핵심 인물들만 120명에 달했다.

이들은 룩오일NY 산하 기업들의 활동을 지원하고 도왔다.

그들은 대가로 안전과 경제적인 지원을 받았다.

과도기적인 혼란 속에 있는 러시아에서 룩오일NY Inc는 알짜배기 자원들을 하나둘 손에 넣고 있었다.

로스네프티가 소유하고 있던 흑해의 유전 지대를 사들였다.

로스네프티를 사들였던 유럽의 투자회사인 더벨이 러시아에서 발을 빼려고 했다.

더벨은 로스네프티의 인수 후 정상화를 위한 구조조정에 실패했다. 더구나 로스네프티의 인수 후 원유 가격이 하락하자 적자가 늘어났다.

대규모의 투자가 이루어지지 않은 상황에서 기존의 시설로만 유지하여 이익을 내보려 했던 더벨은 연속된 파업과 함께 러시아 정부에 공급한 석유 대금마저 받지 못하자 두 손을 든 것이다.

러시아 정부는 투자를 진행하지 않은 더벨에 호의적이지 않았다.

더벨은 흑해 유전을 해외 업체에 팔아버릴 계획이었지만 러시아 정부가 이를 허락하지 않았다.

러시아 정부는 국내 기업에만 흑해 유전 매각을 허용했고, 그 대상과 매각조건을 통해서 룩오일NY Inc로 국한시켰다.

로스네프티가 소유한 가장 알짜배기인 흑해 유전은 현재도 석유를 채굴하고 있을 뿐만 아니라 향후 새로운 유전 발견 가능성도 큰 곳이었다.

"3억 5천만 달러에 합의했습니다."

협상을 진행했던 룩오일NY Inc 예고르 부사장의 말이었다. 룩오일NY Inc는 두 명의 부사장이 있었다.

"적당한 가격이군. 계획했던 대로 시설 투자를 진행하도록 해."

"예, 바로 시작하겠습니다."

흑해 유전에 3천 5백만 달러를 투자해서 노후화된 시설을 바꿀 예정이다.

룩오일NY Inc는 소빈뱅크의 막강한 자금 지원을 바탕으로 카스피해의 세베르타이 광구를 2억 3천만 달러에 사들였고, 카자흐스탄 영토인 카스피해 북동부에 있는 카샤간 광구도 1억 8천만 달러에 매입했다.

이들 광구들은 유전 발견 가능성이 큰 광구들이었다.

공격적인 인수 작업을 진행하는 룩오일NY Inc의 행보에 다국적 에너지 기업들이 예의 주시하고 있었다.

"체첸의 송유관 작업은 어떻게 되고 있지?"

"카스피스크와 그로즈니를 연결하는 작업은 10월이면 마무리될 예정입니다. 그로즈니에서 아제르바이잔의 바쿠로까지의 연결은 8월에 착공할 예정입니다."

공사가 진행 중인 체첸의 파이프라인은 가즈프롬에서 인수했고, 체첸의 수도인 그로즈니를 거쳐 볼고그라드에 있는 정유 공장으로 이어진다.

이곳에서 정제된 석유와 휘발유는 러시아 국내는 물론 유럽으로 수출된다.

또 다른 파이프라인은 그로즈니를 통해서 흑해 연안의 선적항인 노보로시스크로 연결하여 원유를 유럽으로 수출하는 루트였다.

카스피해와 흑해에서 채굴된 원유들은 우크라이나를 거쳐 폴란드와 독일, 루마니아, 불가리아, 그리스로 수출되고 있었다.

"동시베리아의 파이프라인 건설은 물론이고 서유럽으로 연결되는 지분을 계속 매입하도록 해. 올해 소빈뱅크에서 지원받은 자금은 얼마나 되지?"

나는 러시아의 모든 에너지산업을 장악할 생각을 하고 있었다.

기존 유럽으로의 수출과 중국과 한국, 그리고 일본으로의 수출을 위한 동시베리아 파이프라인 건설은 다양한 판매망을 확보하기 위해서였다.

"예, 소빈뱅크에서 20억 달러를 지원받았습니다."

"좋아, 자금에 구애받지 말고 투자를 진행해."

"예, 계획대로 진행하겠습니다."

예고르는 자신감 넘치는 말로 답했다.

룩오일NY의 자금줄이 되어주고 있는 소빈뱅크 또한 러시아와 구소련에서 독립한 독립국가연합의 국가들은 물론 동유럽의 알짜배기 은행들을 인수했다.

룩오일NY의 금고에 보관 중인 여유 자금만 260억 달러를 넘어서고 있었다.

1995년 올해 대한민국 정부 예산인 57조 2천4백48억 원에 절반에 해당하는 자금이었다.

*   *   *

스베르타운에서 얼마 떨어지지 않은 곳에 자리 잡은 닉스 호텔은 올 초에 인수한 호텔이다.

스베르타운은 러시아의 시티오브런던(City of London)으로 불리기 시작했다.

영국 런던은 미국의 뉴욕과 함께 세계 금융의 양대 축을 형성하고 있다.

식민지 개척과 산업혁명을 통하여 부와 권력으로 세계를 지배했던 해가 지지 않는 대영제국은 2차 세계 대전 이후 미국에 패권을 내어주며 쇠락의 길로 접어들었다.

그러나 영국은 금융이란 새로운 무기를 앞세워 세계 경제의 중심 국가로서 옛 명성과 권위를 회복하고 있었다.

그 중심이 되는 곳이 런던의 시티오브런던이었고 이곳은 세계 금융 시장의 허브이자 비즈니스 중심지다.

스퀘어 마일이라는 별칭으로 불리는 시티오브런던은 세계 유수의 금융기관들이 좁은 공간 내에 자리를 잡고 있어, 높은 업무 효율성과 비즈니스의 소통이 원활하게 이뤄지는 곳이다.

스베르타운도 러시아의 은행들과 러시아의 사업을 선점하기 위한 세계 금융기관들과 사업체들이 자연스럽게 모여들었다.

러시아에서의 사업에서 가장 우려스러웠던 안전을 스베르타운이 해결했기 때문이다.

스베르타운에서 반경 5㎞ 이내는 야밤에 돌아다녀도 안전했다. 이러한 소식이 점차 알려지자 스베르타운 주변이 비즈니스 센터로서 주목받게 된 것이다.

스베르타운 근처 건물로 국내 기업인 삼성, 현대, 대우의 지사들도 입주했다.

룩오일NY와 닉스홀딩스는 이러한 분위기를 감지하고서 스베르타운 일대의 건물과 토지를 대거 사들였다.

그중 하나가 닉스호텔이었는데 보로디노 호텔을 인수하여 리모델링 후 이름을 바꾼 것이었다.

5성급 호텔로 재탄생한 닉스호텔은 스베르타운에 입주한 기업들과 금융기관을 방문하기 위한 기업 상사원들이 이용하고 있었다.

또한 안전을 염려하는 관광객들도 닉스 호텔을 찾았다.

그 때문에 닉스호텔은 늘 객실이 부족할 정도로 활발하게 운영되고 있었다.

닉스호텔의 제일 꼭대기 층인 17층에 자리를 잡은 2개의 프레지덴셜 스위트룸 중 하나는 내가 모스크바에 머물 때는 항상 비어 있었다.

연락도 없이 닉스호텔 정문에 내 모습이 보이자 호텔에 근무하는 직원들 모두가 긴장했다.

닉스호텔에서 연락을 받은 인물은 호텔 지배인뿐이었다. 모스크바 닉스호텔 지배인인 야코블레프 자하르는 정문에서 날 맞이하며 엘리베이터가 있는 곳으로 안내했다.

수십 명의 경호원과 함께 나타난 날 바라보는 사람들의 얼굴에는 저 사람이 누굴까 하는 표정이 떠올라 있었다.

호텔에는 이미 코사크 경호원들이 배치되어 있었다.

17층 엘리베이터에서 내린 나는 곧장 약속 장소인 프레지덴셜 스위트룸으로 향했다.

그곳에서 날 기다리는 인물이 있었기 때문이다.

문을 열고 들어가자 280㎡ 넓은 객실에 있는 세 명의 사내가 눈에 들어왔다.

나를 보자 자리에 앉아 있던 세 명의 사내가 모두 일어났다.

세 사람 중 두 명은 날 만나려는 인물의 보좌관과 경호원이었다.

"오래 기다렸습니까?"

"아닙니다. 저도 조금 전에 도착했습니다."

내 질문에 답을 하는 사람은 블라디미르 푸틴이었다. 그는 날 30분 정도 기다렸다.

현재 푸틴은 상트페테르부르크 해외위원회 위원장을 맡고 있었고, 상트페테르부르크 투자 유치를 위해 활발하게 움직이고 있었다.

아직은 러시아 중앙정부의 핵심 권력에 올라서지 못하고 있었기 때문에 날 만나기 위해 기다리는 것은 당연했다.

러시아의 정치인들과 정부 관리는 물론이고 자치공화국의 대통령들도 날 만나려고 안달이었다.

그들 모두 자신과 연관된 지역에 룩오일NY의 투자를 유치하길 원했다.

또한 룩오일NY 산하 기업들과 합작을 원하는 외국 기업들도 날 만나고 싶어 했다.

"자, 회의실로 가서 이야기합시다. 오늘은 아주 중요한 이야기를 해야 하니까."

나의 말에 푸틴은 나를 따랐고, 그를 수행하던 보좌관과 경호원은 응접실에 남겨졌다.

프레지덴셜 스위트룸에는 회의를 할 수 있는 회의실이 마련되어 있었다.

회의실에는 나와 푸틴, 그리고 날 수행하는 루슬란 비서실장만이 함께했다.

오늘 푸틴과의 만남은 러시아의 앞날을 바꾸기 위한 중요한 협정을 맺기 위해서였다.

회의실에 들어서자마자 루슬란이 입을 열었다.

"현재 러시아는 풍전등화와 같은 위기에 처해 있습니다. 눈으로 보이는 것 외에도 물밑으로 진행되고 있는 경제 전쟁은 러시아가 다시금 부흥할 수 없을 정도로… 400~500%의 인플레이션과 해마다 200억 달러 이상이 해외로 유출되는 상황에서 러시아의 미래는……."

세계를 휩쓸고 있는 변화와 개혁의 바람은 러시아와 동구 유럽에서 거세게 일어났다.

현재 러시아는 무엇이 비정상적인 것인지는 확실하나 정상적인 것이 무엇인지는 알 수 없는 상황에 놓여 있었다.

러시아의 경제는 물론 정치 역시 방황과 표류 그 자체였다.

현재 옐친 대통령의 정치적 위상은 1991년 8월 탱크에 맞서 싸울 때 획득한 카리스마적 권위로부터 92년 충격요법에 의한 시장 개혁과 사유화, 그리고 93년 10월 국회 해산에 이은 체첸사태 등을 겪으면서 10% 미만의 지지율을 유지하고 있었다.

코사크로 인해서 체첸사태가 원만하게 해결되자 잠시 지지율이 상승하기는 했지만, 급격한 시장화와 사유화 개혁의 후유증으로 옐친과 정치 전체에 대한 민심 이반이 일어났다.

이는 사회적 보호 장치가 빠진 상태에서 이루어진 가격 자유화 조치로 인하여 극심한 인플레이션을 초래하였고, 많은 러시아 국민들을 경제적 심리직 혼란에 빠뜨렸다.

또한 바우처(국유재산 분양 자격을 나타내는 딱지)의 사유화는 국유 재산의 극심한 불균등 배분을 초래했다.

현재 러시아의 경제적인 혼란을 틈타 국제 금융 기관들의 자금들이 러시아의 핵심 기업들을 사냥하기 위해 노멘클라투라(구 고위 관료계층)와 신흥 엘리트, 금융 무역 자본가, 국영기업체 지배인들에게 자금을 대고 있었다.

이들 자금의 원천은 영국과 프랑스, 스위스 등 유럽 은행의 자금들이었고, 그 이면에는 로스차일드 가문이 자리를 잡고 있었다.

전 세계의 금융자본을 장악하려는 로스차일드 가문은 유럽의 중앙은행들을 손에 넣고 있었고, 이들을 통해 동유럽과 러시아의 중앙은행을 장악하기 위한 공작을 벌이고 있었다.

이는 소빈뱅크가 동유럽 은행을 매입하는 과정에서 입수된 정보였다.

또한 향후 일어날 동남아시아와 한국의 외환 위기를 통

하여 해당 국가의 핵심 은행들을 흡수할 계획 또한 수립되어 있었다.

　현재 로스차일드 가문이 손에 넣지 못한 전 세계 중앙은행은 러시아, 쿠바, 북한, 헝가리, 체코, 한국, 태국, 인도네시아, 베네수엘라, 중국 등 사회주의 국가와 금융 개방이 이루어지지 않은 나라들이었다.

　현재 일고 있는 세계화의 바람과 앞으로 닥칠 IMF 외환위기는 로스차일드와 미국의 록펠러 가문으로 이어지는 엘리트 가문들의 합작품이었다.

　이를 통해 전 세계 중앙은행을 손아귀에 넣으려는 치밀한 계획이 펼쳐지고 있었다.

　이는 또한 금융 지배를 통해 전 세계의 부와 권력을 하나로 통일하기 위한 계획이기도 했다.

Chapter 11

　비서실장인 루슬란의 설명이 끝나고 나자 회의실은 침묵
에 빠져들었다.

　블라디미르 푸틴은 아무런 말없이 두 눈을 감고 있었다.

　루슬란의 이야기한 러시아의 미래는 암울했다. 아니, 암
울한 정도가 아니라 러시아는 이류 국가도 아닌 삼류 국가
로 전락할 위기에 처해 있었다.

　1991년 이후 러시아 내 투자는 제대로 이루어진 것이 없
었다.

　91년 대비 농업은 50%가, 생산은 30% 하락했다.

룩오일NY가 등장하지 않았다면 러시아의 경제성장률은 멈춰 섰을 것이다.

준비되지 않은 시장 자유화와 사유화 개혁은 러시아의 경제를 살리는 방법이 아니었다.

제대로 된 평가 없이 헐값에 팔려 나가는 러시아의 국부는 몇몇 특권층만 배부르게 할 뿐이었다.

지금의 러시아는 국영기업의 제2기 사유화를 둘러싼 이익 쟁탈전에 여념이 없었다.

러시아를 이끌어야 하는 엘리트들은 돈을 좇았고, 일정한 정치적 충성심과 노선 없이 우왕좌왕하는 주변 인물들에 둘러싸여 있는 옐친 대통령과 이러한 모두에 혐오감과 무관심을 느끼는 대중들은 정치와 더욱 멀어졌다.

현재 러시아의 공식 등록된 정당만 53개였다.

작년 두마(국회) 의원 선거에서 사민당과 공산당이 약진했지만, 이들 또한 러시아 국민의 기대에 미치지 못했다.

러시아의 신빈곤층은 직업이 있는데도 생활을 할 수 없는 인플레의 희생자들이었다.

경제개혁을 통해서 생활 상태가 나아진 사람은 전체 러시아 인구의 10% 미만이었다.

더구나 빈곤층의 구매력은 1990년과 비교하여 절반 이하로 떨어졌다.

이러한 상황에서 러시아는 범죄의 증가, 도덕심 저하, 투기 심리의 팽배, 세대 간의 갈등, 현재 중심적 사고, 인종적 갈등 등이 더욱 심화되고 있었다.

"한마디로 러시아는 균열하고 있습니다. 이러한 일이 지속된다면 러시아 연방은 머지않아 다시금 해제될 것입니다."

나의 말에 두 눈을 감고 있는 푸틴의 눈동자가 꿈틀댔다.

"나에게 이러한 이야기를 해주시는 이유가 무엇입니까?"

깊은 생각에 잠겼던 푸틴이 침묵을 깨고 입을 열었다.

"나 또한 푸틴 위원장처럼 러시아를 사랑하기 때문입니다. 더욱이 러시아의 분열과 쇠락은 나를 비롯한 수많은 러시아 국민들을 불행한 길로 인도합니다."

"미안한 말이지만 강 회장님의 말씀에는 조금 맞지 않는 말이 있는 것 같습니다."

"어떤 말이 말입니까?"

"러시아 제일의 기업을 이끄시는 분이 쇠락이라는 말은 어울리지 않습니다. 쇠락하는 러시아에서도 룩오일NY는 더욱 우뚝 서고 있으니까요. 더구나 러시아인이 아니신 강 회장님이 먼저 러시아의 미래를 걱정하고 있다는 것이 러시아의 정치인으로서 부끄러운 일입니다."

푸틴은 러시아를 진정으로 아끼고 있었고, 강력했던 옛

소련의 영광을 어떻게든 재연하고 싶어 했다. 하지만 지금 세계 초강대국으로서 전 세계를 호령했던 러시아는 이빨 빠진 늙은 호랑이에 불과했다.

"러시아에서 태어나지 않았지만, 저 또한 표도르 강이라는 러시아 이름과 함께 모스크바의 시민이기도 합니다. 저를 러시아인이 아니라고 하신다면 조금은 섭섭한 마음이 듭니다."

"하하하! 제가 사과를 드리겠습니다. 표도르 강 회장님은 진정한 러시아인이십니다. 솔직하게 묻고 싶습니다. 절 부르신 이유가 무엇입니까?"

화통하게 큰 웃음과 함께 푸틴이 진지한 표정으로 물었다.

"무너지는 러시아를 함께 살리고 싶어서입니다."

표정의 변화가 거의 없는 푸틴은 나의 말에 놀란 모습이었다.

"어떻게 말입니까?"

푸틴의 목소리가 더욱 진지해졌다.

"크렘린의 주인이 되십시오, 제가 도와드리겠습니다. 푸틴 위원장께서는 정치를 맡으시고, 저는 경제를 맡아 러시아를 옛 영광을 다시금 돌려놓고 싶습니다."

러시아의 균열과 혼란의 지속은 룩오일NY에게도 좋지

않은 일이었다.

코사크 정보팀과 1995년 정보기관으로서의 성격이 강화 개편된 러시아연방안전국(FSB)은 새로운 정보를 입수했다.

소비에트연방의 해체를 가속한 '보수파의 군사 쿠데타를 유도한 것은 미국과 영국 정보부라는 정황이 드러난 것이 다.

더구나 그 이면에는 세계 단일국가를 주장하는 엘리트 세력이 있었다.

아직 그에 따른 구체적인 증거가 확보되지는 않았지만, 쿠데타를 주도한 인물들에게 영국계 은행을 통해 상당한 자금이 흘러들어 갔다는 것이 파악되었다.

더구나 쿠데타를 주도한 인물들이 너무나 쉽게 러시아를 벗어난 것도 외부의 도움 없이는 불가능한 일이었다.

"하하하! 강 회장님께서는 정말 욕심이 많으신 것 같습니 다. 러시아의 부를 모두 가져가시겠다는 말이십니까?"

푸틴은 노련한 인물이었다. 그의 말처럼 러시아에서 더 많은 부를 가져와야만 세상을 움켜쥐려는 자들과 맞설 수 있었다.

러시아의 막대한 지하자원은 그 일을 할 수 있는 밑바탕 이었다. 역사대로 흘러간다면 분명 푸틴은 올리가르히들에 게 한 것처럼 룩오일NY를 국영화시킬 수도 있었다.

푸틴을 제거하는 것도 생각을 해보았지만, 그것은 역사를 크게 왜곡하는 일이었다.

그렇게 되면 내가 알고 있는 미래를 전혀 예측할 수 없게 만드는 일이 될 수 있었고, 러시아가 다시금 미국과 맞설 수 있게 만들 인물을 사라지게 하는 일이었다.

"아닙니다. 그 반대로 외부로 빠져나가는 러시아의 부를 되돌려놓겠다는 말입니다. 지금 이대로 3~4년이 흐른다면 러시아는 빈껍데기만 남을 것이기 때문입니다. 룩오일NY가 지금보다 더욱 성장하기 위해서는 러시아가 건장하고 안정되어야만 합니다. 그러기 위해서는 경제뿐만 아니라 러시아의 정치가 흔들리지 않아야 합니다."

남북한을 위해서라도 러시아가 살아나야만 했다. 미국을 맞상대했던 러시아의 몰락으로 미국을 견제할 만한 나라가 지구상에는 없었다.

경제성장이 한창 진행 중인 중국도 미국에 맞서려면 20년의 세월이 필요했다.

유럽과 미국을 움직이고 있는 엘리트 그룹은 이 기회를 통해서 군사력과 경제력을 바탕으로 한 부(富)의 이동을 진행하려고 했다.

중동은 물론 동남아시아, 한국, 일본, 중남미가 힘들게 이루어놓은 부를 추수하듯이 거둬들이려는 일들을 하나둘 진행 중이었다.

그 시작은 멕시코 페소화의 하락으로 시작되었고, 일본의 엔화 폭등에 이어 태국의 바트화 폭락으로 이어질 것이다.

이 모든 밑바탕에는 엘리트 그룹의 중추를 이루고 있는 로스차일드와 록펠러 가문의 세계화 전략이 자리 잡고 있었다.

"한 가지만 더 묻겠습니다. 상트페테르부르크 해외위원회의 위원장인 내가 어떻게 크렘린의 주인이 될 수 있다는 것입니까?"

해외위원회의 위원장은 실질적인 권력에 다가서는 권한보다는 상트페테르부르크시(市)의 투자 유치를 위한 명분상 직책이었다.

더구나 미국의 CIA와 접촉이 있었던 약점을 가진 자신이 크렘린의 주인이 된다는 것은 너무 현실적이지 않은 이야기였다.

"옐친 대통령의 주변에는 많은 인물들이 있지만 제대로 이 나라를 이끌 만한 인물은 보이지 않고 있습니다. 모두가 자신들의 이익을 위해서 움직이지 러시아를 진정 위하는 인물은 없었습니다. 푸틴 위원장을 제가 옐친 대통령에게 소개해 드리겠습니다."

내 말은 사실이었다.

말로는 러시아를 위한다고 하지만 자신에게 돌아오는 이익 없이는 움직이지 않는 정치인들이 태반이었다.

룩오일NY의 미래를 위해서도 러시아가 다시금 힘을 회복해야만 했다. 그래야만 룩오일NY가 미국과 서방의 견제에서 버텨낼 수 있다.

룩오일NY의 성장이 눈에 띄자 서방 기업들의 견제와 방해가 시작되고 있었다.

"절 믿으실 수 있겠습니까?"

푸틴은 날 똑바로 바라보며 말했다. 그의 목소리에는 힘이 있었다.

"하하하! 우리의 공통된 적이 존재하는 한 서로를 배신할 일은 없을 것입니다. 만약 배신이 일어난다면 러시아는 지금보다도 더 처참한 상황을 나로 인해 맞이할 것입니다."

나의 말은 사실이다.

푸틴과 손을 잡으려는 이면에는 이미 그만한 대비가 갖추어졌기 때문이다.

미국과의 접촉이 있었던 푸틴에 대한 자료는 물론이고, 러시아연방안전국(FSB)을 비밀리에 장악해 가고 있었다.

러시아연방안전국을 맡고 있는 도로프 국장도 나를 따르는 인물이었다.

푸틴이 모스크바 중앙 권력에 등장하게 될 내년쯤이면 FSB는 완전히 내 손아귀에서 놀아날 것이다.

또한 코사크가 가진 체포권이 박탈되지 않게끔 법률적 제한 조치들을 마련해 놓았다.

대통령의 직권으로는 이제 코사크의 체포권을 박탈할 수 없었다. 러시아 국회에서만 코사크를 제한할 수 있는 법률을 만들 수 있었다.

하지만 수많은 정당과 함께 서로의 정치적 신념이 다르다는 이유로 무조건 반대를 일삼는 러시아 국회의원들을 다루기는 쉬웠다.

코사크를 제약하는 법률 상정은 사실상 불가능했다.

그와 더불어서 비밀리에 푸틴의 손발이 되어주던 인물들을 하나둘 찾아내 제거하거나 떠나게 만들었다.

그런 일들을 겪고 있는 푸틴은 지금 가장 힘들고 외로운 시기에 놓여 있었다.

이런 때에 내가 내민 카드는 그를 흔들어놓기에 충분했다.

"말씀을 들으니 공통의 적이 쉽게 사라지지 않을 것 같습니다."

푸틴은 내 말에 미소를 지으며 나에게 손을 내밀었다. 나는 푸틴의 손을 힘 있게 마주 잡았다.

그리고 푸틴은 루슬란 비서실장이 준비한 모두 서류에
서명했다.

엘친 대통령에 이어서 푸틴까지, 룩오일NY에 걸림돌이
될 위험 요소가 제거되는 날이었다.

*　　　　*　　　　*

미국에서 추진하고 있는 마블코믹스와 DC코믹스에 대한
인수가 결정되었다.

마블코믹스는 1억 달러에, DC코믹스는 5억 1천만 달러
에 인수되었다.

처음 마블코믹스에 제시한 가격은 1억 2천만 달러였고,
DC코믹스는 5억 달러였다.

마블은 시간이 지날수록 적자 폭이 더 드러나 2천만 달러
를 줄일 수 있었고, DC코믹스는 1천만 달러가 더 들어갔다.

DC코믹스를 소유하고 있던 워너브러더스가 대규모 투자
를 진행했던 영화들이 연달아 흥행에 참패하자 자금 흐름
이 어려워진 것이 인수에 결정적인 도움이 되었다.

미국의 양대 만화 출판사의 인수는 미국에서도 큰 이슈
였다.

단숨에 북미 출판 만화 시장의 70%를 장악하는 사건이기

때문이었다.

마블코믹스를 인수하자마자 그동안 문제가 되었던 직원들에 대한 처우 개선을 진행했다.

기존 마블코믹스를 이끌던 경영진은 모두 교체되었다.

마블코믹스와 DC코믹스가 인수되자 서로 판권이 달라 사용할 수 없었던 만화 속 캐릭터를 마음껏 이용할 수 있는 기회의 장이 열렸다.

마블코믹스와 DC코믹스 회사의 만화를 사랑했던 독자들도 두 회사의 세계관이 하나로 합쳐진다면 어떤 일이 일어날 것인가로 열띤 토론을 벌이고 있었다.

두 회사는 모두 미국 닉스 법인 계열사로 편입되었고, 닉스는 두 회사의 전통적인 캐릭터를 이용한 신발을 출시할 계획을 하고 있었다.

"수고하셨습니다."

"아닙니다, 확실하게 지원해 주셔서 가능할 수 있었습니다. 한데 DC코믹스 인수에는 돈을 너무 쓴 것이 아닌가 하는 생각이 아직도 듭니다."

두 회사의 인수를 진행했던 루이스 정이 보고를 위해서 모스크바를 찾았다.

"그렇게 보일 수도 있겠지만, 지금이 아니라면 DC코믹스를 인수할 수 없었을 것입니다. 앞으로 두 회사가 가지고 있는 콘텐츠들은 시간이 지날수록 막대한 수익을 올려줄 것입니다."

타임워너의 합병 이후 DC코믹스는 워너 브러더스의 자회사인 DC 엔터테인먼트의 출판 부문으로 남아 있었다. 하지만 마블코믹스는 2009년 9월 1일 월트 디즈니 컴퍼니에 의해 40억 달러라는 놀라운 가격에 인수되었다.

이를 비춰볼 때 5억 1천만 달러의 인수 가격은 나쁘지 않았다.

"정말이지 회장님은 먼 미래까지 내다보시는 것 같아요."

"하하하! 어떻게 아셨습니까? 제가 미래를 알고 있는지를요."

난 루이스 정의 말에 크게 웃으면서 말했다.

"네, 정말이세요?"

내 말에 루이스 정은 놀란 눈으로 되물었다.

"하하! 농담입니다. 하지만 닉스홀딩스의 미래를 위해서 한 회사에 투자를 해주었으면 합니다."

"정말 믿을 뻔했잖아요. 어느 회사에 투자하시라는 거죠?"

"이번 달에 사업을 시작한 아마존이라는 회사가 있습니다. 그곳의 지분을 50% 정도만 가져오도록 하시죠."

1995년 7월 16일, 아마존 사이트는 첫 정상 영업을 개시했다. 아마존은 공식적으로 사업을 시작한 지 3일 후부터 야후(Yahoo)의 추천 사이트 페이지에 등록되었다.

아마존에 대한 투자는 미래 산업을 선점하는 시작점이었다. 이미 퀄컴에 대한 투자를 통해서 한국을 비롯한 아시아권과 러시아에 대한 CDMA 기술특허사용료를 획득했다.

신의주 특별 행정구에 공사 중인 반도체 공장에서는 무선통신용 칩을 생산할 것이다.

또한 한국에 발생할 IMF 외환 위기를 통해서 메모리반도체 분야 또한 인수할 계획을 세워놓았다.

거기서 한 발짝 더 나아가 닉스제약에서는 발기부전 치료제에 대한 연구가 진행되고 있었고, 비아그라가 세상에 발표된 1998년보다도 1년 빠른 97년에 발기부전 치료제를 완성할 예정이다.

아마존은 시작이었다.

애플과 구글 등 미국에서 성공했던 대표적인 닷컴 기업들을 통하여 수익 다변화를 꾀할 것이다.

이를 위해 미국 현지에 투자 전문 회사인 닉스아메리카가 올해 설립되었다.

미래를 선도할 기업들을 인수할 자금은 충분히 마련된 상태였다.

이미 미국의 문화를 대변하는 마블코믹스와 DC코믹스가 내 손에 들어왔다.

다음 타깃은 디즈니가 인수에 공을 들이고 있는 캐피털 시티스 커뮤니케이션스(Capital Cities Communications) 산하의 북미 최대 스포츠 채널인 ESPN(Entertainment and Sports Programming Network)이다.

미디어 산업의 소유 규제를 완화하는 통신법이 의회를 통과하면서 월트 디즈니사가 ABC TV의 모회사인 캐피털 시티스을 인수하려고 했다.

인수 계약 조건은 캐피털 시티스 ABC의 주주들이 1주당 65달러의 현금과 월트 디즈니사 1주를 환급받는 조건이었다.

현재 주가 시세로 따질 때 190억 달러라는 엄청난 금액이었다.

인수 배경에는 21세기 초 유망 산업으로 떠오른 멀티미디어 분야를 선점하기 위한 전략 때문이다.

ABC TV 방송은 미국의 4대 방송사 중의 하나이자 세계 최대 규모의 오락 방송사였다.

현재 미국에서는 지역 벨사와 장거리 전화 업체를 중심으로 한 전화 회사와 텔레커뮤니케이션즈사 TCI를 축으로 한 케이블 TV 업체, 방송사 및 프로그램 공급업자 등 3개 분야의 업체가 멀티미디어 시장을 놓고 이합집산을 거듭하고 있으며, 이번 월트 디즈니사의 ABC TV 인수 시도도 이런 맥락에서 이뤄진 결과물이다.

문제는 월트 디즈니의 자금 조달이 쉽지 않았다.

캐피털 시티스 주주들에게 1주당 65달러를 주어야 하는 상황에서 85억 달러의 현금이 필요했다.

문제의 발단은 월트 디즈니에 자금을 대기로 한 투자회사가 약속을 지킬 수 없다는 통보를 한 것이었다.

어긋난 자금은 20억 달러였다.

뜻하지 않은 돌발 변수였고 캐피털 시티스를 인수하지 못하면 월트 디즈니는 멀티미디어 시장에서 경쟁사들에 밀려날 것이라는 위기감이 팽배해졌다.

그때 마블코믹스와 DC코믹스를 인수한 미국 법인 닉스 아메리카에 투자 요청이 들어온 것이다.

디즈니가 몇 군데 투자금을 요청했지만, 조건이 맞지 않았다.

디즈니의 투자 요청으로 인해 루이스 정은 미국으로 급하게 들어갔다.

"정확하게 우리는 ESPN만 필요합니다. 다른 것은 필요하지 않습니다."

ESPN은 현재 미국 내 5,500만 명의 케이블 가입자를 가진 스포츠 종합 채널로 올해 24시간 내내 스포츠 방송을 송출할 계획을 하고 있었다.

─디즈니 쪽에서 ESPN에 대해 20억 달러를 요구하네요.

20억 달러는 디즈니가 필요한 자금이자 투자 요청한 금액이다.

"20억 달러는 너무 비싼 가격입니다. 다급한 것은 디즈니지 우리가 아닙니다."

―무슨 말씀인지 알겠습니다. 이번 일이 끝나면 전 장기간 휴가를 낼 거예요.

루이스 정은 마블코믹스와 DC코믹스 인수 후 휴가를 떠날 예정이었다.

하지만 다시금 ESPN의 인수 합병과 아마존의 지분 확보에 매달려야만 했다.

"하하하! 걱정하지 마십시오. 지구가 두 쪽으로 갈라져도 정 이사님의 휴가는 제가 책임지겠습니다."

―약속을 지키시리라 믿고, 좋은 소식으로 연락드리겠습니다.

"예, 수고하십시오."

기분 좋게 루이스 정과 통화를 끝냈다. ESPN은 전혀 생각지도 못했다.

현재 미국 LA다저스에 진출한 박찬호 선수의 활약을 ESPN과 계약한 KBS에서 볼 수 있었다.

루이스 정은 올해 이사로 승진했고 인수합병부서의 총책임자였다.

"미국의 핵심 콘텐츠들을 이렇게나 빨리 확보하게 될 줄이야."

2015년 기준 ESPN은 메이저리그, NBA, 아메리카 풋볼, 프로 축구, 아이스하키 등 인기 스포츠들을 미국 9천4백만여 가구에 방송으로 보급하고 있었고, 200여 개 이상 국가에 프로그램을 방영하고 있다.

한편으로 오스트레일리아, 브라질, 라틴 아메리카, 영국 등 지역 채널도 운영하고 있어, 그 영향력이 상당했다.

ESPN을 성공적으로 인수하게 된다면 닉스와 닉스커피 등 미국에 진출한 닉스홀딩스 산하 기업들의 광고를 ESPN을 통하여 효율적으로 이용할 수 있었다.

또한 닉스 신발을 신고서 뛰는 선수들의 생생한 모습을 전 세계에 방송하게 되는 순간부터 광고 효과와 영향력이 상상을 뛰어넘을 것이다.

닉스 신발만을 부각해 촬영할 수 있기 때문이다.

"후후! 정말 재미있어지는데."

미국인들에게 큰 영향력을 끼칠 수 있는 스포츠와 문화 콘텐츠들을 손에 넣게 된다는 것은 미국 사회를 움직일 수 있는 권력을 얻는 것과 같은 의미였다.

더욱이 미국에서 스포츠가 가지고 있는 힘은 절대적이었다.

알바니아 블로러 항구의 한 창고가 어둠을 밝히듯이 거세게 불타오르고 있었다.

항구로 들어오는 배들을 안내하는 등대처럼 활활 타오르는 불길은 쉽게 잡히지 않았다.

블로러는 남서부 아드리아해(海) 연안에 있으며, 두러스 다음으로 큰 항구이다.

이탈리아와 가까운 블로러에는 이탈리아 레스토랑과 회사들이 적지 않았다.

인구 7만 명의 블로러는 올리브유, 생선 통조림 등 식품 가공, 피혁, 시멘트 공업이 발달하였다.

"이탈리아 놈들이 똥줄이 타겠어."

타오르는 창고를 바라보는 인물들은 말르노프 조직에서 파견한 인물들이었다.

창고의 주인은 이탈리아 마피아 조직인 카모라였다.

듀러스 항구에 있던 창고도 말르노프 조직에 의해서 큰 피해를 보았었다.

러시아 마피아의 파상 공세에 일찌감치 뿌리를 내리고 있던 카모라가 속수무책으로 당하고 있었다.

문제는 카모라는 지킬 것이 많았고, 말르노프는 없다는 것이다.

"내일이면 남아나는 게 없겠지. 한데 제대로 싸움을 할 줄 아는 놈들이 없어서 너무 싱거워."

담배를 입에 물고 있는 인물의 양 팔뚝에는 해골 문신이 새겨져 있었다.

"그렇게 말이야. 바보가 아니라면 총을 들고 싸워야지. 다들 겁을 먹고 숨어버렸으니."

블로러의 책임자로 있던 카모라의 인물이 경호원들과 함께 대낮에 레스토랑에서 피살되었다.

그 일을 시발점으로 카모라 조직의 중간급 인물들이 더 살해되자 카모라 조직원들은 모습을 감추었다.

이러한 일들은 알바니아 전역에서 벌어지고 있었다.

Chapter 12

　카모라 조직은 알바니아와 마케도니아에서의 철수를 고
려할 정도로 위기에 빠져들었다.

　"10년간에 걸쳐 이룩한 사업을 허망하게 빼앗길 수 없습
니다."

　새롭게 조직의 콘실리에리가 된 아나스타시오가 강한 어
조로 말했다.

　"하지만 지금의 전력으로는 러시아 놈들을 막아낼 수 없습
니다. 더구나 놈들은 잃을 것이 없습니다. 몇몇 놈들을 본보
기로 처리했지만 그 대가로 블로러의 창고를 잃었습니다."

이탈리아 마피아들도 말르노프 조직의 인물들을 살해했지만, 그들 모두 하부 조직원일 뿐이었다.

말르노프의 보복은 단 하루를 넘지 않았고, 카모라의 핵심 자산을 보관하던 창고를 습격해 잿더미로 만들었다.

"그렇다고 해도 철수를 하게 되면 우리는 이탈리아 반도에 갇히게 됩니다."

카모라는 은드란게타와 함께 해외 진출을 활발하게 진행했다.

카모라의 주 활동 무대인 두러스에서 이미 수세에 몰렸고, 이제는 블로러까지 공격을 당하고 있었다.

카모라가 해외에서 벌어들이는 주 수입원의 40%가 두 지역에서 나오고 있었다.

"문제는 핑거맨들도 당하고 있어. 말르노프가 우리를 손바닥 보듯이 보고 있다는 것이 문제야."

카모라를 이끌고 있는 보스 파스칼레는 심각하게 말했다. 정보를 수집하는 핑거맨들이 현지 조직의 배신으로 인해서 상당수가 희생되었다.

카모라가 알바니아에서 철수하자는 이야기가 나온 것도 핑거맨들의 희생이 컸기 때문이다.

"이미 말르노프가 두러스와 블로러의 현지 조직들을 흡수한 것 같습니다."

부두목인 미켈레의 말이었다.

"어떻게 놈들이 그런 행동을 할 때까지 놔둘 수 있었지?"

"저희가 너무 안일하게 대응했던 것 같습니다. 사실 러시아 놈들하고의 충돌을 회피하는 것이 좋다는 생각에 루마니아와 불가리아 진출을 손쉽게 허용했습니다. 그것이 마케도니아와 알바니아까지 내어주게 되는 원인이 되었습니다."

미켈레의 말처럼 카모라는 거친 러시아 마피아들과의 충돌을 피했다.

더구나 말르노프에게서 무기 공급을 받는 처지였던 카모라는 말르노프의 동유럽 진출에 협조를 아끼지 않았다.

말르노프는 루마니아와 불가리아 진출까지만을 원한다는 이야기를 카모라에게 수시로 전했다.

하지만 2차 세계대전 중 히틀러가 오스트리아를 병합하고 폴란드까지 내어줄 때까지 영국과 프랑스가 움직이지 않은 것처럼, 말르노프는 빠르게 불가리아 조직을 흡수해 마케도니아와 알바니아로 넘어올 때까지 카모라의 눈과 귀를 속였다.

"음, 우리가 말르노프를 너무 안일하게 생각했던 거야. 놈들은 숲의 법칙을 아는 늑대가 아니라 시체를 뜯어먹고 사는 하이에나 같은 놈들이었어."

의자에 깊숙이 몸을 기댄 파스칼레는 자책하듯이 말했다.

"모스크바로 히트맨을 보내는 것과 어셈블레어를 여는 방법밖에는 없습니다. 히트맨이 실패하면 말르노프는 본토를 침공할 것입니다."

아나스타시오의 말에 테이블에 앉은 조직 핵심 인물들의 표정은 어두웠다.

말르노프를 이끄는 샤샤를 사냥하기 위해 히트맨을 보내는 것을 선뜻 내켜 하지 않는 것이 이유였다.

실패는 곧 말르노프가 이탈리아 본토에 발을 들이게 하는 원인 제공이 될 수 있었다.

아직까지 두 조직의 싸움은 러시아와 이탈리아에선 일어나지 않고 있었다. 더구나 말르노프가 장악한 모스크바에서 히트맨이 성공할 확률은 극히 낮았다.

"어셈블레어를 열게 되면 담배와 술을 내어줄 수밖에 없어."

이탈리아에는 노사 코스트라(시칠리아), 카모라(나폴리), 사크라 코로나 우니타(풀리아), 은드란게타(칼라브리아) 등 4대 마피아 조직이 있다.

카모라는 많게는 약 500명 정도로 구성되는 조폭 집단 115개가 느슨하게 연합된 조직이며 비즈니스상 필요에 따라 탄력적으로 움직인다.

카모라는 담배와 술을 밀수하여 성장했다.

"그럼 저희는 마약에 치중하는 게 어떻습니까? 모로코의 헤스바가 붕괴하고 난 후 유럽의 마약 공급이 원활하지 않습니다. 이참에 저희가 나서는 것도 나쁘지 않다고 생각합니다."

모로코에 진출한 메데인 카르텔과 현지 헤스바 조직의 충돌로 두 조직은 큰 타격을 입고 아직도 회복하지 못하고 있었다.

"마약은 가장 수익성이 좋은 품목이지. 하지만 그만큼의 위험이 뒤따르는 품목이야."

담배와 술과 달리 마약은 유럽 각국의 검찰과 경찰의 집중 단속 대상이었고, 협조 체계가 잘 갖춰져 있었다.

"시간은 우리 편이 아닙니다. 우리가 답을 내어놓지 않으면 조직은 크게 흔들릴 것입니다."

카모라는 많은 기업처럼 피라미드 형태의 조직을 가지고 있으며, 제일 상부는 전략을 짜고 자원을 배분하는 일을 한다.

"좋아, 히트맨과 어셈블레어를 동시에 진행한다. 말르노프에게 우릴 건드린 대가는 반드시 돌려줘야 하니까."

카모라의 보스 파스칼레가 결심한 듯 비장한 표정으로

말했다.

그의 말에 회의에 참석한 인물들 모두가 고개를 끄떡이며 반대를 표하지 않았다.

마케도니아처럼 알바니아에서도 맥없이 물러난다면 카모라는 더 이상 이탈리아와 유럽에서 설 자리를 잃을 수 있었다.

*   *   *

코사크 정보팀에 이탈리아 마피아의 움직임이 포착되었다.

코사크에는 모스크바 공항에 통해 입출국하는 사람들의 명단이 입수된다.

이는 코사크와 공조 관계에 있는 러시아연방안전국(FSB)에 협조 덕분이다.

"유럽에서 활동 중인 킬러 서너 명이 입국했다는 정보가 들어왔습니다."

코사크 정보센터를 맡고 있는 보리스 실장의 보고였다. 코사크 정보센터에서는 나를 비롯한 룩오일NY에 위협이 되는 인물이나 단체의 움직임과 연관된 정보를 입수하는 것이 가장 우선시되는 일이었다.

모스크바에 유럽에서 활동하는 암살자 서너 명이 한꺼번에 입국한 것은 이례적인 일이었다.

"킬러가 모스크바에 왜 들어온 거지?"

"정확한 것은 파악 중입니다만, 회장님과 연관된 것은 아닌 것 같습니다."

"음, 나와 연관된 일이 아니라면 정치인을 노리는 건가?"

"정치인이라면 마피아를 고용하는 것이 일반적입니다. 굳이 유럽의 킬러를 고용하는 것은 자칫 문제를 키울 수가 있습니다."

보리스 실장의 말이 맞았다.

정치인이 외국 킬러에게 살해당한다면 외교 분쟁이 발생할 수 있었다.

물론 아무 증거 없이 일을 해결한다면 문제가 없겠지만, 만약 러시아 경찰이나 정보기관에 노출된다면 감당할 수 없는 일이 일어날 수 있다.

그런 위험 부담을 안고서 일을 처리하려는 인물은 드물었다.

"놈들의 위치를 파악해. 관광이 목적이라면 그대로 두지만, 그 목적이 아니라면 멋대로 활개를 치게 할 수는 없지."

"알겠습니다."

코사크'정보센터는 더욱 확대된 상태였다.

팔십여 명이 근무하던 센터는 러시아 국내와 국외로 나누어져 210명의 인원이 활동하고 있었다.

  여기에 러시아연방안전국(FSB)과 마피아들에게서 정보가 들어왔다.

  또한 룩오일NY 산하 기업에서 근무하는 직원들도 중요 정보를 제공했고, 모스크바 방송과 세보드냐 신문의 취재 기자들에게서도 주요 정보들이 입수되었다.

  러시아에서 벌어지고 있는 중요한 일들과 사건들이 모두 코사크 정보센터로 취합되고 있었다.

  *   *   *

  날짜를 달리해 모스크바에 잠입한 킬러들 모두가 닉스호텔에 자리를 잡았다.

  닉스호텔은 스베르타운 뒤편에 자리 잡은 룩오일NY 맨션 단지를 살펴볼 수 위치에 자리를 잡고 있었다.

  "말르노프의 샤샤는 룩오일NY 맨션 단지에 거주하는 거로 확인되었다. 이곳은 러시아의 사설 경비 업체인 코사크가 경비를 맡고 있다. 코사크는……."

  한방에 모인 세 명의 인물 중 콧수염을 기른 인물이 두 명에게 입수된 정보를 설명하고 있었다.

그의 이름은 안젤로 팔롬보로 샤샤를 제거하는 임무를 맡아 파견된 킬러들을 이끌고 있었다.

"며칠간 지켜본 바로는 코사크의 경비 시스템은 쉽게 뚫을 수 없을 것 같습니다."

파란 눈동자에 짙은 눈썹을 한 보체티가 말했다. 보체티는 방 안에 있는 두 사람보다 이틀 먼저 모스크바에 도착해 현지 정보를 수집했다.

보체티의 말처럼 룩오일NY 고급 맨션의 경비는 이중, 삼중으로 되어 있었고, 출입증을 발급받지 못한 사람은 절대 내부로 들어가지 못했다.

맨션에 거주하는 사람들과 차량은 경비 센터에 모두 등록이 되어 있었고, 방문객은 하루 전날 연락을 취하지 않으면 그 누구라도 맨션에 들어갈 수 없었다.

"설사 내부로 들어갔다고 해도 탈출이 쉽지 않습니다. 경비원들도 저희가 생각했던 것보다 2배나 많은 인원입니다."

보체티 옆에 앉은 건장한 체격의 산체스는 스페인 출신이었다.

"확실하게 샤샤를 제거하기 위해서는 어떻게든지 맨션으로 잠입하는 수밖에 없다. 다른 루트로는 놈을 제거할 방법을 찾지 못했다. 더구나 우리에게 주어진 시간은 일주일뿐이야."

유일하게 샤샤의 거주지로 알려진 곳이 룩오일NY 맨션이었다.

샤샤의 사무실과 동선은 전혀 알려진 것이 없었다. 그가 타고 다니는 차량은 검은색 방탄 리무진 3대로 호위 차량과 함께 두 대가 항상 다른 방향으로 동시에 움직였다.

어디에 샤샤가 타고 있는지 알 수 없었고, 아예 리무진에 타지 않을 때도 있었다.

더구나 모스크바에서 샤샤와 말르노프 조직에 대해 정보를 조사하고 다닌다는 것은 언제 어느 때 목숨이 사라질지 모르는 일이었다.

"침투 방법은 있는 것입니까?"

"맨션과 접해 있는 공원을 통해서 침투하는 방법이다."

"그곳은 경비가 제일 삼엄한 곳이 아닙니까?"

룩오일NY 맨션과 접해 있는 공원의 절반은 일반 시민들이 이용할 수 있었다.

그 때문에 맨션과 맞닿아 있는 룩오일NY 맨션 단지 내의 공원에는 감시 카메라와 함께 경비원들이 다른 지역보다 많이 배치되어 있었다.

"우리는 지상이 아닌 지하로 접근한다."

"지하라면?"

"공원 내 있는 하수도를 통해서다. 공원이 맞닿아 있어서 하수도 또한 맨션과 연결되어 있다. 이것이 내부로 통하는 하수도 연결 지도다."

팔롬보는 파란색 설계도면을 펼치며 말했다.

*   *   *

이중호는 늦은 밤 자신이 몸담았던 대산에너지를 찾았다.

직원들이 다 퇴근하고 없는 시간에 마지막으로 자신이 머물던 자리를 정리하기 위해서였다.

이대수 회장의 지시로 러시아 자원 개발팀이 해체되자 이중호는 자리 정리도 하지 않은 채 회사를 떠났다.

아니, 회사를 다시금 방문할 용기가 나지 않았다.

내일모레 한국을 떠나기 전에 열정을 바쳐 일했던 사무실과 자신의 책상에 다시 한번 앉아보고 싶은 마음이 간절했다.

예상대로 사무실에는 아무도 없었다.

몇 주 전까지 자정이 넘어서도 훤히 불을 밝히던 사무실에는 그 누구도 남아 있지 않았다.

"후! 뭐가 그리 급했을까?"

책상은 말끔하게 비어 있었고, 책상 아래 사용하던 비품들이 담긴 상자가 놓여 있었다.

이중호는 의자에 앉아 블라인드가 올려진 창밖을 바라보았다.

창밖으로 보이는 도로는 한산했고 주변 건물들도 대부분 불이 꺼져 있었다.

하지만 닉스홀딩스 본사 건물의 공사 현장은 불이 훤하게 켜져 있었다.

"도대체 무엇이 틀린 걸까?"

인정하고 싶지 않았지만 인정할 수밖에 없는 현실이 괴로웠다.

강태수는 마이더스의 손이었다.

만지는 모든 것을 황금으로 만든다는 마이더스의 손은 진정 현대에도 있었다.

실패라는 단어를 모르는 것처럼 강태수가 손대는 것들마다 성공의 연속이었다.

"정말 하늘이 낸 인물은 다른 것인가?"

힘차게 올라가고 있는 건물의 전경이 마치 거대한 거인의 형상이 된 강태수가 우뚝 서 있는 것 같았다.

그때였다.

팩스가 들어오는 소리가 아무도 없는 사무실 안에 울려

퍼졌다.

"후후! 오늘따라 저 소리가 정겹게 들리네."

한때 러시아의 고티광구 현장과 수없이 팩스를 주고받았었다.

책상 밑에 놓인 상자를 든 이중호는 사무실을 떠나려고 했다.

사무실의 불을 끄기 위해 벽면 스위치를 누르기 전, 자정이 넘어서 들어온 팩스의 내용이 궁금했다.

팩스는 벽면 스위치가 위치한 아래에 놓여 있었다.

"이미 끝난 일인데."

이중호는 말과 달리 팩스 용지를 집어 들었다. 발신지는 러시아의 고티광구였다.

"허! 이게 말이 돼……"

이중호는 집어 든 팩스 용지는 맥없이 그의 손에서 떨어져 내렸다.

팩스의 내용은 고티광구에서 대규모의 유전이 발견되었다는 내용과 함께 룩오일NY Inc와의 계약을 중단하라는 내용이 들어 있었다.

하지만 고티광구의 인수에 따른 본 계약은 일주일 전에 체결되었고, 그에 따른 인수대금 중 계약금 1천만 달러가 어제 대산그룹 본사로 입금되었다.

*   *   *

대산그룹에서 헐값에 인수한 고티광구에서 대규모 유전이 발견되었다.

어느 정도 유전 발견 가능성이 있다는 보고서가 올라왔었지만, 유전을 발견한다는 것은 커다란 행운이 따라야만 했다.

더구나 고티광구 제2 탐사 지역은 대산에너지에서 대대적인 탐사 시추 작업을 진행했던 장소로 진흙층이라고 결론지은 곳이었다.

"최소 50억 배럴에서 80억 배럴의 원유와 105조 입방피트의 천연가스가 매장돼 있는 것으로 예상합니다. 유전이 본격적으로 개발되면……."

룩오일NY Inc를 이끄는 니콜라이 대표의 보고였다.

새로 발견된 유전의 값어치는 최소 200억 달러에서 최대 1,000억 달러의 시장 가치가 있었다.

사포스티야노프에서 발견된 유전보다도 더 큰 유전이 될 수 있다는 평가도 나오고 있었다.

"하하하! 이거 정말 대산에너지에게 미안해지는데, 거저 주운 거나 마찬가지잖아."

니콜라이 대표의 말에 절로 웃음소리가 커졌다.

"예, 기존에 발견된 유전 지역만으로도 충분한 값어치가 있었습니다.

대산에너지가 발견한 유전지대는 향후 원유 가격이 상승하면 충분히 그 값어치를 할 수 있는 곳이었다.

"진흙층이 유전일 줄이야. 누구도 예상하지 못한 일이야."

"예, 저희도 처음에는 조사 과정에서 대산에너지와 마찬가지로 진흙층으로 판단했습니다. 한데 이번에 새롭게 개발된 3개의 지진파를 이용한 탐사 방법에서 다른 반응을 보여 발견할 수 있었습니다."

룩오일NY Inc 산하 기술 연구소에서는 유전 탐사 방식에 대한 개발과 연구가 꾸준히 진행되고 있었다.

새롭게 개발된 교차 지진파 탐사 방식은 넓은 반사 범위와 땅속에서 흡수되어 버리는 지진파를 최소로 했다.

대산에너지가 탐사 의뢰를 한 미국의 페트롤리움은 세 번에 걸친 탐사 시추를 통해서 진흙층이라는 결론을 도출했었다.

"시베리아 파이프라인이 완성되면 두바이유와의 경쟁에서도 우위에 설 수 있겠어."

중동에서 생산되는 중질원유는 품질은 조금 떨어졌지만,

생산 단가가 다른 지역보다 값싸고, 동아시아로의 수송이 러시아보다 원활했다.

하지만 시베리아 파이프라인이 완성되면 남북한은 물론 중국까지 직접 석유와 천연가스를 공급한다.

또한 파이프라인이 남한을 가로지르면 부산에서 일본으로도 석유를 공급할 수 있었다.

더구나 발견된 고티광구의 원유는 복잡한 정제 과정을 거쳐야 연료로 사용할 수 있는 중동산 저품질유(low grade oil)나 중질원유보다 품질이 우수하고 황 함유량이 적어 정제할 필요가 없는 고품질 원유(high grade oil)였다.

현재 정유사들은 공급이 늘어난 디젤유나 휘발유를 생산하기 위해 현물시장에서 높은 프리미엄을 얹어주고서라도 고품질 원유(high grade oil)를 확보하고 있다.

고품질유의 공급은 부족한 반면 수요는 점점 증가하고 있기 때문이다. 이는 자동차 수요가 전 세계적으로 늘어나는 추세와 맞물렸다.

"예, 조만간 저희로 인해서 두바이유가 어느 정도는 타격을 받을 것입니다."

니콜라이는 자신감 넘치는 말로 말했다.

그의 말처럼 수백억 달러가 소요된 동시베리아 파이프라인이 완공되면 두바이유보다 경쟁 우위에 있는 러시아산 원유를 저렴한 가격에 중국과 남북한, 그리고 일본으로 공급할 수 있었다.

북한을 뺀 세 나라는 두바이유를 이용하는 큰손들이었다.

*　　　*　　　*

냄새나는 작업복을 입은 세 명의 인물의 어깨에는 하수도를 청소할 때 사용하는 철망과 공구통이 들려 있었다.

그들이 도착한 곳은 룩오일NY 맨션 단지에서 500m 떨어진 반대편 공원의 하수도 맨홀이 있는 곳이었다.

공원에는 개들을 데리고 산책하는 사람들이 보였다.

"여기서부터 300m 정도만 가면 맨션 단지로 잠입할 수 있다. 작전 시간은 30분 이내로 끝내야 한다."

하수도로 들어갈 수 있는 맨홀 둘레에는 공사 중이라는 표지판이 놓여 있었다.

이 장소는 모스크바에 투입된 핑거맨이 확보해 놓았다.

더구나 이곳은 사람들의 눈에서 벗어난 장소였고, 근처를 지나는 사람도 없었다.

"쉽지 않은 작전입니다."

"물론이야. 하지만 대가는 그만큼 크다."

세 명의 킬러는 샤샤를 제거하는 데 성공하면 각자 2백만 달러를 받기로 했다.

지금까지 수고비로 받는 금액 중에서 최고가 오십만 달러였었다.

그때였다.

치지직!

손에 들고 있던 무전기에서 소리가 났다.

—타깃이 집으로 들어갔다.

"자, 이제 놈을 잡으러 가자."

팔롬보의 말에 두 명의 인물들이 차례대로 짙은 어둠에 잠긴 하수구로 들어갔다.

하수구는 복잡하지 않았다.

하지만 목적지로 향하는 곳에는 두꺼운 쇠창살로 가로막혀 있었다.

준비한 폭약으로 쇠창살을 날렸다.

조용하게 처리하기에는 시간이 부족했다. 이 작전에 폭약을 다루는 보체티가 참여한 이유였다.

지하도의 도면을 입수하기 위해서 백만 달러의 비용이 들어갔다.

쾅!

매캐한 화약 냄새와 함께 두꺼운 쇠창살이 떨어져 나갔다.

"생각보다 튼튼하게 지었군."

먼지가 사방으로 날렸지만, 하수도는 무너져 내리지 않았다.

세 명은 들고 내려온 공구통에서 무기들을 꺼내 들었다.

각자가 애용하는 소총과 권총들을 손에 들고서 천천히 앞으로 나아갔다.

지도가 맞다면, 100m 전방 오른쪽 끝에 있는 맨홀 위쪽에서 샤샤가 거주하는 집과는 20m밖에 떨어지지 않았다.

플래시에 의지한 채 목적지로 향한 세 명은 목표로 한 맨홀 아래에 도착했다.

밖은 조용했고 인기척이 들려오지 않았다.

5분 정도 더 기다린 후에 조심스럽게 지상으로 올라섰다.

밖은 어스름한 어둠이 깔리고 있었고, 경비원은 보이지 않았다.

3명 모두가 지상으로 올라선 때였다.

팍! 팍!

무언가 켜지는 소리가 들린 후 눈을 뜰 수 없을 만큼의 강렬한 빛이 세 사람에게로 쏟아졌다.

그리고 건물과 나무 뒤에서 수십 명의 인물이 모습을 드러냈다.

암살자들을 기다리고 있었던 것은 코사크 타격대였다.

"하하하! 모스크바에 온 걸 환영한다. 너희 덕분에 로마로 진군할 수 있게 되었어."

코사크 타격대와 함께 서서 크게 웃음을 토해내고 있는 인물은 다름 아닌 말르노프를 이끄는 샤샤였다

『변혁1990』 29권에 계속…

초대형 24시 만화방

신간 100%, 샤워실, 흡연실, 수면실(침대석), 커플석, 세탁기 완비

■ 시흥 정왕25시점 ■

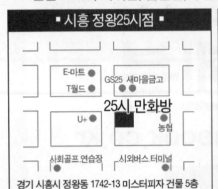

경기 시흥시 정왕동 1742-13 미스터피자 건물 5층
031) 319-5629

■ 강북 노원역점 ■

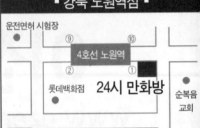

서울 노원구 상계동 340-6 노원역 1번 출구 앞 3층
02) 951-8324 (화용빌딩 3층)

■ 일산 정발산역점 ■

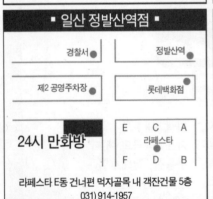

라페스타 E동 건너편 먹자골목 내 객잔건물 5층
031) 914-1957

■ 일산 화정역점 ■

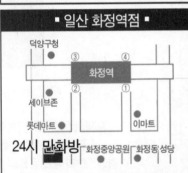

경기도 고양시 덕양구 화정동 984번지 서일빌딩 7층
031) 979-4874 (서일사우나 건물 7층)

■ 부천 역곡역점 ■

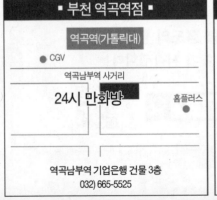

역곡남부역 기업은행 건물 3층
032) 665-5525

■ 부평역점 ■

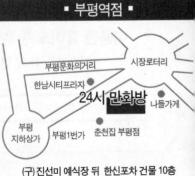

(구) 진선미 예식장 뒤 한신포차 건물 10층
032) 522-2871

SOKIN 장편소설
FUSION FANTASTIC STORY

2016년 장르 문학 사이트 연재 1위!

『코더 이용호』

이류 대학 컴퓨터과학부 출신 취준생 이용호.
어느 날, 그의 머리 위로 번개가 떨어졌다!

정신을 차린 그의 눈앞에는, '버그 창'이 있었다.

"모든 해결책이… 보여!!"

누구보다 빠르고 정확하게.
톱 코더의 능력을 가진 남자.

야생의 대한민국 IT 업계를 정복하고
세계 정상에 서리라!

Book Publishing CHUNGEORAM

유행이 아닌 자유추구 -
WWW.chungeoram.com